Sommer & Winter mit Titel

Birgit Hufnagl

Reime

www.net-verlag.de
Erste Auflage 2022

Covergestaltung, Layout & Lektorat: net-Verlag

printed in the EU
ISBN 978-3-95720-332-8

Vorwort

Haushaltshilfe WINTERs und Doktor SOMMERs
kuriose Reimgeschichten.
Lesen, schmunzeln, auf die Plätze, fertig – weiterdichten!
Schaffen Sie's, aus den drei fettgedruckten Wörtern
die Erzählungen noch etwas weiter zu erörtern?
Unterm Reim, der Platz ist frei,
für die eigene kleine Wortspielerei!

Liebe Leser,

sollten Sie Fehler finden,
dann ließ das Korrekturprogramm
Buchstaben verschwinden,
oder es ignorierte irgendwelche Eingaben,
die Korrekturleser gewiss gemacht haben!
Jeder kann ja mal den Faden verlieren.
Sie dürfen's gern für sich nochmals nachkorrigieren!

Haushaltshilfe WINTER und Doktor SOMMER als JOCKEY

Doktor SOMMERs Haushaltshilfe WINTER
steht im JOCKEYdress
vor SOMMER,
ihrem JOCKEYdiener, unter Stress!
Bauer SOMMERachs ChampionJOCKEY,
ein HindernisJOCKEY,
ist erkrankt.
Ob WINTER als TopJOCKEY Ruhm erlangt
auf SOMMERachs Hindernisrennpferd?
WINTERs JOCKEYfarben sind verwaschen,
die Amateurrennreiterlizenz gefälscht.
Ein Rennpferd schleudert Springgamaschen
vorm Start ins Starterfeld!
WINTER, den JOCKEYberuf
der anderen AmateurJOCKEYs anzweifelnd,
wird von eines Rennpferdes Huf
von ihrem Pferd heruntergekickt!
Zwischen FlachJOCKEYs, DiscJOCKEYs
und JOCKEYstube geschickt
herumgaloppierend bringt
sich SOMMERachs Rennpferd in Form,
bevor's Informationsstände des JOCKEYverbands
überspringt, enorm
hoch! SOMMERachs Rennpferd gewinnt an Wert.
Er dankt WINTER und verkauft es unbeschwert.
Es war ein Traum! WINTER erwacht,
während SOMMERach tatsächlich unterm Fenster lacht.

Haushaltshilfe WINTER und Doktor SOMMER am ERSTEN

Doktor SOMMER besucht am ERSTEN April
seinen schwERSTEN Patienten,
der kommen will,
aber nicht kann.
Umzingelt von leckERSTEN Fertiggerichten
will Patient KERSTEN ganz auf Esspausen verzichten.
SOMMER inspiziert KERSTENs GERSTENkorn,
umringt
vom Zwergpinscher, der GERSTENbrot bringt
und der verstorbenen Dame
im obERSTEN Stock
gehörte. Haushaltshilfe WINTER
versetzt KERSTEN einen Schock,
indem sie die leckERSTEN Süßwaren
wegnimmt, und ihn nach Jahren
in den untERSTEN Stock schickt!
KERSTEN droht zu zerbERSTEN, nickt,
und versucht's, weil's der Hund braucht.
Als SOMMER am ERSTEN Mai auftaucht,
sind vom schwERSTEN Patienten etliche Kilos weg!
KERSTEN bestellt dem Zwergpinscher
leckERSTEN, teuERSTEN Speck.

Haushaltshilfe WINTER und Doktor SOMMER am LEBEN

Haushaltshilfe WINTER und Doktor SOMMER
verspüren LEBENslust
und LEBENshunger im EisLEBENer NachtLEBEN!
Aller Frust
verfliegt zwischen LEBENdigen LEBENsmüden
im Nachtclub »LEBENselixier«!
LEBENsfrohe LEBENskünstler spendieren
SOMMER und WINTER SOMMERbier,
mit reichlich K.-o.-Tropfen darin.
SOMMER stellt WINTER über LEBENssinn
und ÜberLEBENschancen von Viren
in luftleeren LEBENsräumen
Fragen, während WINTER unterm Tisch
nach LEBENsträumen
sucht, LEBENslust und LEBENshunger schwinden
und beide lebloses Zeug finden,
bevor WINTER unvermittelt
LEBENsunlustig zusammensackt!
SOMMER macht sich derweil nackt.
Die LEBENsfrohen LEBENskünstler verduften mit
SOMMERs Kleidungsstücken.
SOMMER und WINTER, zwar LEBENdig,
haben Gedächtnislücken.

Haushaltshilfe WINTER und Doktor SOMMER am LENKER

Haushaltshilfe WINTER
und Doktor SOMMER schLENKERn
alkoholisiert vor glänzenden MotorradLENKERn
an genervten AutoLENKERn
in WINTERmontur durch WINTERschnee vorbei!
Ein AutoLENKER informiert die Polizei.
SOMMER erzählt, leicht lallend,
von einem LENKERtest.
SchLENKERnd müsse er überprüfen,
ob LENKERschrauben fest
wären. Er, als Arzt, hätte ein Extraplus.
Er dürfe dies im HochWINTER nach Alkoholgenuss
wegen realer Bedingungen!
WINTER erklärt fachmännisch LENKERbreiten,
LENKERgriffe, LENKERlängen,
LENKERdurchmesser und LENKERformen
im verschneiten
Straßengraben kauernd. Die Polizisten fahren frierend
weiter.
SOMMER und WINTER schLENKERn
und kichern heiter.

Haushaltshilfe WINTER und Doktor SOMMER am MAIN

SOMMER und WINTER entnehmen MAINkies.
MAINzer Chemietechnologen,
von MAINZ nach Offenbach am MAIN umgezogen,
und für PharMAINdustrien schaffend,
helfen am MAINachmittag,
mit SOMMER und WINTER
über einen DoMAINkaufvertrag
diskutierend. Die MAINzer Chemietechnologen
behandeln
den MAINkies chemisch und verwandeln
den am MAINufer in wundervoll
bunt schimmernden! Neben dem MAINwanderweg soll
WINTER MAINkies verkaufen.
MAINburger, gegen die MAINstreampresse
wetternd, ordern von WINTER MAINkies
mit Interesse
gleich haufenweise! Eine MAINe-Coon-Katze umstreift
WINTERs Beine, die spontan zum Pinsel greift
und Steine mit MAINe-Coon-Katzen bemalt.
Für die ein MAINburger verdammt viel bezahlt!

Haushaltshilfe WINTER und Doktor SOMMER am RECK

SOMMERs ehemalige Freundin, RECKturnerin,
wohnt in RECKlinghausen.
Im SOMMERurlaub wollen SOMMER
und WINTER hinbrausen!
RECKstangen begrenzen ein VieRECK
um dRECKige Schuhe.
RECKbänke, RECKriemchen, RECKstangen,
BärendRECK und eine Holztruhe
der RECKturnerin liegen
im schRECKlich dRECKigen Hausgang.
»Zum RECKturnen, RECKen und StRECKen
da entlang!«,
steht am Türschild unter Bildern
mit KurzstRECKenraketen
neben EisenbahnstRECKen und BlattheuschRECKen.
SOMMER will ungebeten eintreten.
WINTER entfährt ein SchRECKensschrei!
Eine RECKstange
schwingend, fackelt der VollstRECKungsbeamte
nicht lange.
Der VollstRECKungsbeamte ist mit der
RECKturnerin liiert.
WINTER bekommt einen MordsschRECK.
SOMMERs Lächeln gefriert.

Haushaltshilfe WINTER und Doktor SOMMER am SONNTAG

Doktor SOMMER schwimmt
SONNTAGs zum SONNTAGstarif. Immer!
Haushaltshilfe WINTER
putzt zeitgleich am SONNTAGmorgen Praxiszimmer,
hört SONNTAGsglocken läuten und erschrickt,
weil's unter alten SONNTAGszeitungen tickt!
WINTER denkt an SONNTAGskrimis.
SOMMER muss sofort
erscheinen! SOMMER, im SONNTAGsverkehr,
noch vom Schwimmsport
nass, rammt mit beschlagener Brille
SONNTAGsfahrer. Um WINTER herrscht Stille.
Patientin SONNTAG vergaß ihre Armbanduhr,
die jetzt
nicht mehr tickt. Während SOMMER, leicht verletzt,
mit SONNTAGsfahrern streitet, diskutiert WINTER
mit Frauen
im SONNTAGscafé.
Patientin SONNTAG will auch vorbeischauen!

Haushaltshilfe WINTER und Doktor SOMMER am SONNTAG

WINTER und SOMMER genießen SONNTAGslektüre
und SONNTAGsruhe
am SONNTAGmorgen, während Nachbarbauer
SOMMERach seine SONNTAGsschuhe,
weil blutbefleckt vom zuvor noch herumhoppelnden
SONNTAGsbraten,
entsorgt! Nach SOMMERachs SONNTAGsgebet
und SONNTAGsfrühstück waten
SONNTAGvormittags vorm SONNTAGsausflug
seine Kutschpferde, zwei Braune,
wegen dem toten Hasen mit schlechter SONNTAGslaune
durch Blutpfützen. SOMMER und WINTER,
die SONNTAGsstunden
am OsterSONNTAG genießend,
wandern als SOMMERachs Kunden
für die Kutschfahrt zum SONNTAGsessen
zu SOMMERach,
der in SONNTAGskleidung mit Ach und Krach
die widerspenstigen Braunen einspannt.
Vorm Landcafé SONNTAGbauer,
bei SONNTAGsnachrichten, SONNTAGsverkehr
und einem starken Hagelschauer,
zerbeißt ein Brauner beim anderen ein Zügelteil.
SONNTAGmittag stehen Notärzte
im SONNTAGsdienst vorm Unheil.

Haushaltshilfe WINTER und Doktor SOMMER an der ELBE

Haushaltshilfe WINTER filmt im ELBEkanal
maisgELBE Abwässer.
Doktor SOMMER fotografiert auf ELBEkies
ockergELBE Giftfässer.
Die ELBE befördert zitronengELBE Plastikplanen.
SchwefelgELBE Wolkenunterseiten
überm ELBEhochwasser und über der
ELBEbrücke verbreiten
Stimmung, findet SOMMER! Deshalb hält
er eifrig drauf. Da fällt
ein hellgELBEs, großes Flugzeugteil
neben anderen, weißen
vom nahezu schwefelgELBEn Himmel!
Am ELBEradweg reißen
die Teile Radler in leuchtgELBEn Regenanzügen um.
Touristen von ELBEkreuzfahrten auf Motorschiffen
beobachten stumm,
wie WINTER durchgängig filmt
und SOMMER fotografiert.
Ihr »GELBEs über der ELBE« wird prämiert!

Haushaltshilfe WINTER und Doktor SOMMER auf BALI

Doktor SOMMER und Haushaltshilfe WINTER
erstehen BALIbraune
Bilderrahmen mit Gemälden von BALIrindern.
SOMMERs Laune
wird glänzend, als er BALInesischen
Tempeltänzerinnen zuschaut!
SOMMER und WINTER sind von BALI erbaut.
Während's WINTER zu BALIrindern
und BALIkatzen zieht,
möchte SOMMER auf BALI ein großes Gebiet
mit BALInesen auf Elektrofahrrädern umrunden.
Dummerweise entfällt ihm beim Erkunden
und BALInesisch Üben das mit dem Linksverkehr.
Ausgerechnet eine BALInesische Tempeltänzerin
verletzt ihn schwer,
als SOMMER auf ihrer Windschutzscheibe klebt!
Ein BALIneser, der mit BALInesenkatzen zusammenlebt,
zeigt WINTER BALInesische Küche
und seine Tempelanlagen.
SOMMER wohnt bei BALInesischen
Tempeltänzerinnen. Seit Tagen!

Haushaltshilfe WINTER und Doktor SOMMER auf BAND

Doktor SOMMERs Haushaltshilfe WINTER produziert
BANDwurmartige BANDansagen,
die am laufenden BAND
erholungsbedürftige Patienten plagen!
Jeder erhält ein GymnastikBAND,
»sponsored by PharmaverBAND«.
Vom TonBAND ertönen BANDübungen
für Finger, Hand,
sämtliche ProBANDen und spezielle BANDknoten.
Die Werbeansagen
vom PharmaverBAND und BANDmitgliedern einer
MusikBAND plagen
eine Patientin mit gerissenem HaarBAND,
die spontan in den Stand
springt, das GymnastikBAND kreisen lässt
und schließlich WINTERs Hals fest
damit abschnürt!
Seit schräge NachwuchsBANDs
BANDmusik produzieren,
hat SOMMER keine Patienten mehr zum Verlieren!

Haushaltshilfe WINTER und Doktor SOMMER auf DAUER

WINTER und SOMMER kritisieren eine
anDAUERnde DAUERwerbesendung,
die DAUERnd ausDAUERnde DAUERläufer
unterbrechen! »Welch Zeitverschwendung!«
WINTER, wegen der DAUERhaften FortDAUER
des DAUERtiefs mit DAUERregen sauer,
beschwert sich, der DAUERwerbesendung wegens,
beim Fernsehsender. Wegen des DAUERregens
ist beDAUERlicherweise dort DAUERnd
das Dach undicht.
SOMMER, der schlecht über die DAUERläufer spricht,
wird ins Fernsehstudio eingeladen. AusDAUERsportler
für DAUERlose
in DAUERwerbesendungen werden
auf DAUER gesucht; famose
Bezahlung DAUERhaft garantiert! SOMMER,
auf der Stelle
zusagend, sportelt durch DAUERwerbesendungen.
Mit schicker DAUERwelle!

Haushaltshilfe WINTER und Doktor SOMMER auf der ODER

WINTER gewinnt in der MODERevue
beim Preisausschreiben
das MODERätsel! Hauptgewinn: »Auf der ODER treiben
neben ODERkähnen und ODERzuflüssen
im mODERnen Hausboot!«
Aus der ultramODERnen Kaffeemaschine
lodern im Abendrot
Flammen! Im ODEReinzugsgebiet bekommt
der Bootsführer Migräne.
Er wirft die ultramODERne Kaffeemaschine vor Schwäne
auf der ODER, spielt mit irgendwelchen DecODERn
und übersieht, dass unterm Tisch Flammen lODERn!
Der Bootsführer erklärt ODERdelta,
ODERverlauf und ODERauen
und will sich dann aufs Ohr hauen.
SOMMER fotografiert ODERkähne.
WINTER bemerkt die Flammen
unterm Tisch! SOMMER und WINTER
springen zusammen
in die ODER. SOMMER bekommt einen Schrecken
neben dem ODERkahn.
Irgendwer sollte den Bootsführer wecken!

Haushaltshilfe WINTER und Doktor SOMMER in HÜTTEN

Und Haushaltshilfe WINTER und Doktor SOMMER
verscHÜTTEN
Rum hinter HÜTTENwänden. Der HÜTTENwirt
zweier AlmHÜTTEN
schuldet SOMMER einen Gefallen! WINTER flöge
gern. Ob der HÜTTENwirt das wahrmachen möge?
Letzterer will da etwas »hinbiegen«.
WINTER soll »auf Krankenkasse« fliegen!
Hinter ausgemusterten HÜTTENtüren,
wo die SOMMERwanderwege kreuzen,
soll WINTER sich laut HÜTTENwirt beim Schneuzen
einfach aufs Knie neben dem SOMMERheu
schmeißen! Den sündteuren Hubschrauber,
nigelnagelneu,
würden seine Bergwacht-Kumpels zur HÜTTE bringen!
WINTER stürzt theatralisch.
SOMMER muss sich zwingen,
nicht zu lachen, neben den planen
SOMMERwanderwegen,
wo sich die Gemüter der SOMMERtouristen erregen.
Der Hubschrauber landet. Der HÜTTENwirt weihte alle
ein! WINTERs Krankenkasse zahlt in diesem Falle.

Haushaltshilfe WINTER und Doktor SOMMER auf JAGD

Und Haushaltshilfe WINTER und Doktor SOMMER
bestaunen
Nachbarbauer SOMMERachs JAGDauto, JAGDwaffen
und den rotbraunen
JAGDdackel, der auf SOMMERachs
JAGDunterwäsche in Rot
zwischen einem JAGDbogen und JAGDgewehren wie tot
daliegt. Auf JAGDliteratur vom JAGDladen liegen
JAGDerlaubnisscheine,
JAGDprüfungsfragen und JAGDmesser im JAGDauto.
»Da – Wildschweine!«,
brüllt SOMMERach unterhalb vom JAGDstand.
Er erklimmt
die Leitersprossen, während der JAGDdackel
unterdessen bestimmt
die JAGDwurst gegen SOMMER verteidigt.
WINTER, JAGDjacken,
JAGDgeschenke und JAGDdrohnen bestaunend,
hört ein Knacken,
das vom angesägten JAGDstand stammt.
WINTER vernimmt noch SOMMERachs »Verdammt!«,
bevor er aufs Dach vom JAGDauto prallt.
JAGDgegner hassen's, wenn jemand
am JAGDstand herumknallt.

Haushaltshilfe WINTER und Doktor SOMMER auf SAFARI

SOMMERs Nachbarbauer SOMMERach
reibt sich die Hände.
SAFARIzelte und SAFARIfahrzeuge in SAFARIgrün im
Kiesgrubengelände
hat er für sein »SAFARIparadies für SAFARIabenteuer«
billig erstanden! WINTER,
im SAFARIbus hinterm Steuer
thronend, begrüßt SAFARIteilnehmer
in SAFARIanzügen.
SOMMER verkauft mit viel Vergnügen
SAFARIhemden, SAFARIhosen, SAFARIstiefel,
SAFARIhelme, SAFARIröcke und SAFARIblusen
an betuchte SAFARIteilnehmerinnen,
allesamt mit großem Busen,
die den dienstältesten SAFARIjeep
in SAFARIgrün wollen.
Warum sich Räder am Steilhang beim Hinunterrollen
vorne lösen, ist SOMMERach nicht ganz klar.
Im SAFARIparadies »geht alles auf eigene Gefahr«!

Haushaltshilfe WINTER und Doktor SOMMER im SCHNEE

Haushaltshilfe WINTER und Doktor SOMMER
suchen SCHNEEbesen
mit SCHNEEweißen Griffen im SCHNEEhügel.
SCHNEEschuhgeher lesen
sich gelangweilt hinter SCHNEEmännern
von SCHNEEarten
vor. Wegen NassSCHNEElawinen und
StarkSCHNEEfällen starten
die SCHNEEschuhwanderer erst später vom
»Treffpunkt SCHNEEkanonen«
aus dorthin, wo SCHNEEhasen und SCHNEEhühner
wohnen.
Die SCHNEEkanonen hinterm SCHNEEhotel zaubern
tolle SCHNEEkulissen
aus KunstSCHNEE vor GletschereisSCHNEE!
SOMMERs schlechtes Gewissen,
weil SCHNEEkanonen einen hohen Stromverbrauch
haben, schwindet. WINTER will auch
Erinnerungsbilder, vom Fototeam vor SCHNEEflocken
von SCHNEEpflügen
aus fotografiert! SOMMER hat mit
SCHNEEfräsen Vergnügen.

Haushaltshilfe WINTER und Doktor SOMMER auf STELZEN

Doktor SOMMERs Haushaltshilfe WINTER späht über
STELZENdächer
von STELZENhäuschen am Campingplatz!
Zwei flüchtende Einbrecher
stolpern über HolzSTELZEN, die SOMMER liegen ließ.
Ein Einbrecher stößt WINTER mitsamt
KunststoffSTELZEN fies
in den Weiher vorm »STELZENverleih
BachSTELZEN« SOMMER filmt die zwei,
bevor er zu HolzSTELZEN greift und hinsteuert.
Der kursichtige Inhaber vom »STELZENverleih
BachSTELZEN« feuert
einen Gewehrschuss ab und trifft
SOMMERs STELZENbein!
WINTER ergreift schwimmende STELZEN und
schafft's allein
aus dem Weiher. Sie meidet das STELZENgehen
seitdem. STELZENhäuschen mag sie auch nicht sehen.

Haushaltshilfe WINTER und Doktor SOMMER auf TRAB

Und Haushaltshilfe WINTER und Doktor SOMMER
TRABen
auf der TRABrennbahn auf TRABrennpferden.
TRABertrainer haben
übers TRABermagazin TRABerreiter vorm
TRABerderby gegen Bezahlung
gesucht! Aus ausrangierten TRABants
ertönt musikalische Bemalung.
TRABer »TRABuco« TRABt zwischen
TRABrennwagen durch Lücken,
die TRABtritte verlängernd und von
SOMMERs Kraftausdrücken
und falschen TRABhilfen regelrecht beflügelt!
SOMMER, der »TRABuco« nicht zügelt,
sondern abspringt, landet vor
»ErdTRABant« und »KonTRABass«.
Nicht nur TRABertrainer und WINTER werden blass
um die Nase. »KonTRABass«,
gleichauf mit »ErdTRABant«,
sind zeitgleich mit SOMMER
am Zielpfosten vorbeigerannt!

Haushaltshilfe WINTER und Doktor SOMMER auf VISITE

Doktor SOMMERs Haushaltshilfe WINTER schwenkt
VISITEnkarten, selbstgedruckt!
Bei der filmreifen ArztVISITE im Krankenhaus
verschluckt
SOMMER sich wegen WINTERs
fantasievollem Drucktext.
Sie hat Professor Doktor Doktor draufgehext.
SOMMER zerlöchert mit einem VISITEnkartenhalter
seinen VISITEnmantel
mit Stehkragen, überreicht einem Patienten
Theraband, Hantel
und VISITEnkarte und verliest beim
überlangen VISITEnbesuch
VISITEndokumentationen, aber auch
Gymnastikübungen aus seinem VISITEnbuch!
Am VISITEnwagen mit Akku vom VISITEndienst liegen
Therabänder. Bei ChefarztVISITEn soll jeder
eins kriegen!
Ein lustiges Filmteam filmt SOMMER zu
VISITEnzeiten.
Er soll im »VISITEn-Television« Freude bereiten!

Haushaltshilfe WINTER und Doktor SOMMER auf ZACK

Haushaltshilfe WINTER und Doktor SOMMER
fotografieren FelsZACKen
neben ZickZACKkurven am WINTERwanderweg.
Den ZickZACKkurs packen
sie dann aber ZACKig schnell!
Zum WINTERbeginn ist's nicht hell,
sondern neblig-trüb. WINTER verliert
ihren ZACKenhaarreif
mit dem ZACKenmuster und SOMMER bleibt steif
stehen, wegen sich auflösender ZACKennähte
am antiken Wanderschuh. Am späten
WINTERnachmittag löst sich SOMMERs Sohle vom
Schuhspitzenbereich.
Die ZACKennaht ist schlecht zusammengeZACKt,
im Vergleich
zu WINTERs beheizbaren Schuhen!
SOMMERs Stiefelsohle bricht.
Links trägt SOMMER einen WINTERsocken.
Mehr nicht.
Der WINTERstiefel hat sich aufgelöst.
SOMMERs Großzehe ist gänzlich entblößt.

Haushaltshilfe WINTER und Doktor SOMMER BADEN

WINTER und SOMMER BADEN mit
mitBADENden Kurgästen
im WiesBADENer Hotelbad! Nicht BADENde
Animateure testen,
BADENsischen Dialekt nachahmend, das Wissen
der BADENden über WiesBADEN, quizzen
mit Professor BADENheuer,
der den BADENmarathon mitrannte
und lichtBADENd, eisBADENd und nacktBADENd
sehr uninteressante
Anekdoten erzählt und verkleiden sich als BADENixen!
Die BADENtlüftung streikt.
SOMMER und WINTER hicksen
vergnügt. WiesBADEN wird seit Tagen von Starkregen
heimgesucht. SOMMER, WINTER und Professor
BADENheuer bewegen
sich nur im Erlebnishotel! Gott sei Dank,
findet WINTER insgeheim, haben die
WiesBADENer Spielbank
und das Landesmuseum WiesBADEN geschlossen,
wegen Wasserschaden.
WINTER beäugt SOMMER und BADENheuer beim
NacktBADEN.

Haushaltshilfe WINTER und Doktor SOMMER bei TISCH

Und Haushaltshilfe WINTER und Doktor SOMMER
verspritzen
SOMMERweine mit TISCHler TISCHner.
Am NachbarTISCH sitzen
prakTISCHerweise opTISCH einwandfrei
gestylte Männer mit fantasTISCHen
Gegenstücken aus der Damenwelt dazu.
TISCHners spasTISCHen
Anfall verfolgen sie in gespensTISCHer Stille.
TISCHners gespielter Anfall, wo er Brille
und TISCHdecke samt TISCHkarten, TISCHgedecken
und TISCHweinen
herunterzieht, wirkt wunderbar drasTISCH
dramaTISCH! Die kleinen
Kinder am FensterTISCH weinen.
SOMMER kann verstehen,
dass die Leute vom TISCH 22 gehen!
TISCHner rülpst vergnügt.
Ringsum lauter freie TISCHe!
Das »TISCHpersonal« verteilt TISCHgedecke und
TISCHdecken, frische.
Das Nobellokal verlangt neuerdings eine gesalzene
TISCHreservierungsgebühr.
Mit TISCHners TISCHmanieren
revanchieren sie sich dafür.

Haushaltshilfe WINTER und Doktor SOMMER beim FASTEN

Sonderrechte für Doktor SOMMER als
mitFASTENder FASTENleiter!
FASTENpredigt und FASTENplan
verkündigt er als Reiter
vor seiner FASTENgruppe,
die das FASTENwandern betreibt.
Mit FASTENtee und FASTENgebäck
in Satteltaschen bleibt
SOMMER stets vorne und nervt die
FASTENwanderzentrale
telefonisch im FASTENmonat hinterm
FASTENhotel einige Male
mit Fragen übers HeilFASTEN, FASTENbrechen,
RohsäfteFASTEN und SchleimFASTEN. Beim Sprechen
mit Frau FASTENrath verliert SOMMER
den Orientierungssinn,
FASTENgebäck und FASTENtee.
Er findet FASTENhäuser, immerhin,
kilometerweit entfernt! Haushaltshilfe WINTER kann
Rücktransporte organisieren.
SOMMER soll beim Zurückreiten
den Orientierungssinn trainieren!

Haushaltshilfe WINTER und Doktor SOMMER beim FRISEUR

Doktor SOMMERs Haushaltshilfe WINTER
ergreift einen FRISEURkamm
vorm StarFRISEUR im FRISEURkittel vom
FRISEURsalon »Madame«.
Der StarFRISEUR verstellt
WINTERs FRISEURstuhl ganz tief.
Er fingert FRISEURscheren hervor, die er schief
ansetzt, was WINTER im FRISEURstuhl
nicht mitkriegt,
weil sie unterhalb des FRISEURspiegels fast liegt!
Der StarFRISEUR, FRISEURmesser verlierend,
erschrickt,
als eine FRISURkundin ihn antickt
und der Auszubildende vom FRISEURsalon zu weinen
beginnt. Was ihm, als PromiFRISEUR im Allgemeinen
nicht passieren darf, geschieht. WINTER ahnt noch
nichts. In ihrem Pony prangt ein Loch!

Haushaltshilfe WINTER und Doktor SOMMER beim LANGLAUF

Doktor SOMMERs Haushaltshilfe WINTER startet
beim LANGLAUFmarathon!
Die linke LANGLAUFbindung vom
LANGLAUFski hält schon
vorm Start den LANGLAUFschuh sonderbar
schwammig fest. Vorm Hinweisschild »Gefahr!«
umfährt WINTER einen LANGLAUFhandschuh
und einen LANGLAUFstock
in der stark abschüssigen LANGLAUFloipe.
WINTERs Schock
ist riesig, als ihr linker LANGLAUFski losgelöst
vorausfährt, ihr geflickter LANGLAUFanzug nackte
Haut entblößt,
die LANGLAUFspur sich unten verengt
und ein LANGLAUFlehrer sie abdrängt!
WINTER stürzt in einen Bach,
alleine. SOMMERs Handy vibriert schwach.
Er eilt in LANGLAUFschuhen zur Engstelle
neben der verunstalteten LANGLAUFspur im Gefälle.
Dutzende LANGLAUFbretter und
Langläufer auf einem Flecken.
WINTER wird doch wohl ganz unten stecken?

Haushaltshilfe WINTER und Doktor SOMMER beim LAUF

Haushaltshilfe WINTER und Doktor SOMMER
begrüßen LAUFend,
auf LAUFbändern neben LAUFtrainern
den LAUFmarathon schnaufend
absolvierend, das neue Jahr! WINTER,
ausLAUFenden Gin
rettend, lauscht LAUFtrainerinnen,
die LAUFerlebnisse und Unsinn
erzählen und dabei rückwärts LAUFen. Am LAUFband
neben SOMMER macht der LAUFcoach
einen Handstand.
SOMMER kickt LAUFend gegen Sekt. Seine LAUFuhr
piept, als er's auf die gleiche Tour
wie der LAUFcoach versucht, die LAUFfläche verlässt
und auf LAUFschuhe mit Spikes vom LAUFtest
und ausgeLAUFene hochprozentige Spirituosen fliegt.
Ob WINTER die Spikes rauskriegt,
die SOMMERs breiten Rücken verzieren?
SOMMER verliert
die LAUFlust und stoppt, während
WINTER weitertrainiert.

Haushaltshilfe WINTER und Doktor SOMMER beim LESEN

Haushaltshilfe WINTER und Doktor SOMMER
sind beLESEN!
SOMMER liest WINTER über »TraubenLESEN«
vorm Tresen
der Lesebücherei zwischen LESENden vor.
»LESENswert!«, meint
eine zuhörende LESENde.
Einer der LESENden verneint,
legt seine angeLESENe Lektüre beiseite
und erklärt SOMMER, er streite
nicht gerne, aber VorLESEN und AbLESEN klappe
schlecht bei SOMMER! WINTER haut die
Endloswellpappe,
die vor gedankenLESENden und korrekturLESENden
Büchereiangestellten steckt,
wobei sie LESENde KongoLESEN und
NepaLESEN aufschreckt,
dem LESENden, beLESENen Besserwisser
auf den Gelehrtenhut!
Bei der darauffolgenden Schlägerei fließt sogar Blut.

Haushaltshilfe WINTER und Doktor SOMMER beim LIEGEN

Haushaltshilfe WINTER und Doktor SOMMER
dürfen probeLIEGEN
im neuen Krankenhaus! Rettungsassistenten
purzeln die Stiegen
im Treppenhaus mit SOMMER auf der Krankentrage
LIEGENd hinab zum LIEGENdtransport. SOMMER
benötigt Krankentage
für Untersuchungen im LIEGEN.
WINTER darf einfLIEGEN!
LIEGENd, im Rettungshelikopter. AnfLIEGEN und
Landen kriegen
Piloten am Krankenhausdach hin.
FLIEGEN umfLIEGEN hilflose
Rettungssanitäter. StrandLIEGEN mit SOMMERdecken
stehen um große
Öffnungen am Dach. Was fehlt, sind Treppen!
Piloten kicken gegen herumLIEGENde Ziegelsteine.
»Welche Deppen
haben das konstruiert?« Von vom Dach
herunterfLIEGENden
Ziegelsteinen werden drinnen zwei von den LIEGENden
Patienten getroffen. SOMMER und WINTER
werden gebeten,
absolut nichts davon in der Presse breitzutreten.

Haushaltshilfe WINTER und Doktor SOMMER beim RENNEN

Und Haushaltshilfe WINTER und Doktor SOMMER
tRENNEN
sich beim UmherRENNEN vorm PferdeRENNEN.
Entlaufene Legehennen
RENNEN vorm HauptRENNEN übers Rennbahnoval!
Nach verzögertem Rennstart wird's total
chaotisch, weil neben der Rennbahn Autos bRENNEN,
die wegen herumRENNENder Hühner beim illegalen
AutoRENNEN
zusammenstießen und wegRENNENde Passanten mit
bRENNENden Bauteilen
übersäten! Feuerwehrsirenen ertönen und beim
HauptRENNEN eilen
die Rennpferde eines Scheichs reiterlos daher.
Rennbahnärzte, SOMMER und
WINTER RENNEN quer
über die Bahn, zu Gestürzten und Pferden.
SOMMER und WINTER lieben's, gebraucht zu werden!

Haushaltshilfe WINTER und Doktor SOMMER beim UMBAU

Doktor SOMMERs Nachbarbauer SOMMERach plant
StallUMBAUten, WaldUMBAU
und UMBAUkosten trotz Hilfe eines
UMBAUcoaches ungenau.
SOMMERs Haushaltshilfe WINTER addiert
am Computer UMBAUzuschläge
vom PraxisUMBAU und kommt auf
verschiedene Beträge.
Weil SOMMERach und UMBAUcoach sich wegen
UMBAUmaßnahmen
und fehlenden UMBAUgenehmigungen
in die Haare bekamen,
startet SOMMERach sein
»WaldUMBAU-UMBAUprojekt«
inklusive UMBAUlärm alleine! SOMMER steckt
beim KlinikUMBAU vor UMBAUschränken
als helfende Hand,
als der UMBAUcoach, weiß wie eine Wand,
hereinstürmt! SOMMERach wäre UMBAUbedingt beim
Wald UMBAUen
unter Bäume geraten. Haben Fichten ihn umgehauen?

Haushaltshilfe WINTER und Doktor SOMMER im APRIL

Haushaltshilfe WINTER und Doktor SOMMER
sind überbucht
am ersten APRIL! Noch vorm APRILanfang versucht
WINTER, ohne Erfolg,
diese APRILtermine zu entzerren.
Bei APRILwetter muss SOMMER
am APRILbeginn aufsperren
und wegen APRILschnee und starken
APRILgewittern beim Herfahren und Einparken
wundert's ihn nicht, dass frühmorgens keiner erscheint.
WINTER sortiert APRILjournale,
bestellt APRILangebote und entsteint
bei APRILsonne Kirschen. Das Telefon läutet schrill.
»Sämtliche Neupatienten sind ein APRILscherz,
APRIL, APRIL!«,
kreischt der Anrufer. Kurz darauf kommt, kreidebleich,
Nachbarbauer SOMMERach.
Er hätte – kein APRILscherz! – gleich
mehrere APRILkälber. Und ein APRILfohlen.
Könnte SOMMER helfen, beim Rausholen?

Haushaltshilfe WINTER und Doktor SOMMER im DARM

Und Haushaltshilfe WINTER und Doktor SOMMER
übersteigen
DARMzotten und DARMausstülpungen mit
ReizDARMpatienten. DARMspezialisten zeigen
DARMnerven, DARMgeschwüre und DARMrisse
im begehbaren DARMtrakt
des DARMzentrums! Vor DARMwandverdickungen und
DARMnekrosen packt
ein Hypnotiseur SOMMER am Arm.
»DARMbakterien und DARMhirn im DARM
werden sträflich unterschätzt!«,
meint der im DARMabschnitt,
DARMerkrankungen, DARMparasiten und
DARMgeräusche nach jedem Schritt
erwähnend. Ob SOMMER eine DARMhypnose
möchte? WINTER gewinnt die kostenlose
DARMspiegelung, von DARMspezialisten des neuen
DARMzentrums spendiert!
SOMMER wählt die DARMhypnose.
WINTER wird gratuliert.

Haushaltshilfe WINTER und Doktor SOMMER im Donner

Doktor SOMMERs Haushaltshilfe WINTER
hört am DONNERstag
vorbeiDONNERnde Lastwagen und ist wie vom
DONNERschlag
gerührt! SOMMER giftelt »Zum DONNERwetter!«,
hatten doch noch lokale Zeitungsblätter
verkündet, beim neuen Autobahnteilstück
»DONNERgraben« bei DONNERsbrück
verzögert sich die Eröffnung vom gesamten Teilstück!
SOMMER erhielt für seine Wutrede
DONNERnden Applaus.
Als Naturschützer sind ihm
Autobahnneubauten ein Graus.
Die DONNERnden Geräusche verebben,
und WINTER sieht,
wie Nachbarbauer SOMMERachs Hengst DONNERkeil
es vorzieht,
statt über die Autobahnbrücke direkt zum Hof
zu galoppieren! DONNERkeil findet auch
Autobahnbrücken doof.

Haushaltshilfe WINTER und Doktor SOMMER im JAHR

Haushaltshilfe WINTER und Doktor SOMMER
feiern JAHRestag
im Hotel JAHReszeiten. Einmal im JAHR mag
SOMMER WINTER zum JAHResausklang verwöhnen!
Zuvor hat er's der schönen
Wahrsagerin am JAHRmarkt erzählt, deren
JAHReseinnahmen schwanken.
SOMMER erwähnte, dass er JAHRein, JAHRaus
Schwerkranken
Gutes tut. Vom JAHResausklang sprach
SOMMER außerdem,
was die Wahrsagerin neben SOMMERs
Adressdaten bequem
notierte. Als SOMMER WINTER im JAHReswagen
heimbringt,
im JAHRhundertwinter am JAHRestag,
werden sie umringt
von dienstbeflissenen Polizisten,
die Nachbar JAHReis rief!
Einbrecher hinterließen Verwüstung.
Ein WINTERgemälde hängt schief.

Haushaltshilfe WINTER und Doktor SOMMER im KLOSTER

SOMMERs Patientin, eine KLOSTERvorsteherin,
bringt neben KLOSTERlikören
KLOSTERkäse zum Probieren.
SOMMER und WINTER schwören
betrunken, umgehend KLOSTERurlaub in
KLOSTERzellen
zu buchen! KLOSTERarbeiten bei KLOSTERquellen,
in KLOSTERküchen, am KLOSTERhof und im
KLOSTERkindergarten
inklusive! KLOSTERneulinge spielen im KLOSTERwirt
derweil Karten.
Vor der KLOSTERschänke,
am KLOSTERtisch aus Eiche
beim KLOSTERsee im KLOSTERwald,
trinkt SOMMER reiche
KLOSTERwirte vom KLOSTERbräustüberl
unter einen dicken
KLOSTERtisch. Innerhalb von wenigen Augenblicken
setzt SOMMER sich mit Alkoholvergiftung selbst
schachmatt.
Worauf sein KLOSTERaufenthalt ein rapides Ende hat.

Haushaltshilfe WINTER und Doktor SOMMER im KONZERT

Schlägereien mit KONZERTquerflöten zwischen
KONZERTThäusern zweier KONZERTagenturen
hinterlassen bei Doktor SOMMERs
Haushaltshilfe WINTER Spuren
im Gesicht und am WINTERmantel!
Die KONZERTquerflöten
sind angeknackst. Wollen wütende
KONZERTleiterinnen WINTER töten,
weil SOMMER KONZERTorganisten mit
KONZERTdiplomen Sonderbehandlungen gewährt?
Eine KONZERTleiterin hatte sich
bei WINTER beschwert.
Die KONZERTorganisten geben SOMMER
KONZERTabende in KONZERTmuscheln,
KONZERTkarten und extra Bezahlung. Und, so tuscheln
die KONZERTleiterinnen untereinander,
SOMMER blockt
absichtlich ihre Termine. Geld lockt!
WINTER liegt gefesselt im KONZERTzimmer hinter
KONZERTsälen.
Die KONZERTleiterinnen wollen SOMMER mit Löse-
geldforderungen quälen!

Haushaltshilfe WINTER und Doktor SOMMER im MÄRZ

Doktor SOMMER organisiert im MÄRZnhof das
MÄRZschwimmfest.
Nachbarbauer SOMMERach macht fürs
MÄRZschießen einen Test,
im MÄRZnebel ebenfalls am MÄRZnhof
hinter MÄRZkirschen.
Holzbauer MÄRZova vom MÄRZnhof
und SOMMERach pirschen
sich nach reichlich MÄRZenbier hinter SOMMERs
Schwimmbecken,
um die kraulschwimmende Haushaltshilfe
WINTER zu necken!
Märzovas Gewehr fällt ins Wasser.
SOMMER, MÄRZenschnee
fotografierend, bemerkt Einschußlöcher im
WINTERstiefel, am Großzeh
links! WINTER sieht MÄRZovas Gewehr
auf Beckenfliesen.
SOMMER stoppt energisch SOMMERachs
MÄRZaktion, das MÄRZschießen,
wegen zu viel MÄRZenbier. WINTER übt Tauchen
mit MÄRZovas Gewehr. Kann der's noch gebrauchen?

Haushaltshilfe WINTER und Doktor SOMMER im MAI

Doktor SOMMERs Haushaltshilfe WINTER
fliegt nach MAIland!
MAIländerinnen verschütten MAIglöckchenparfüm und
besprühen die Flugzeugwand
mit MAIglöckchenduft. Passagierin OberMAIr klagt
über Gestank. Auch WINTER plagt
Atemnot! Fluggast MAIer, lautstark von
MAIkäfern erzählend,
empfindet MAIländer, MAIländerinnen und
MAIglöckchen als quälend.
Nach MAItänzen in MAInächten noch nicht auskuriert,
bewirken MAIglöckchen und MAIländer,
dass er explodiert!
MAIer schlägt um sich, MAIländer wollen mitmischen
und OberMAIr wird vom betörenden
MAIglöckchenduft dazwischen
ohnmächtig. Der Flugkapitän, weit vor MAIland, wendet.
Sodass der Flug am Abflughafen endet!
SOMMER hat MAIländerinnen eingeladen.
Zum Vergnügen!
Er genießt MAIfeste in vollen Zügen.

Haushaltshilfe WINTER und Doktor SOMMER im MOMENT

Doktor SOMMERs Haushaltshilfe WINTER stapelt
MOMENTan MOMENTaufnahmen
ihrer GlücksMOMENTe! SOMMER kauft im
MOMENT Bilderrahmen
dafür. Kurzer SchreckMOMENT im MOMENT
der Bezahlung!
Im Kaufhaus »MOMENTum« wird's bei
musikalischer Untermalung
stockdunkel. Während WINTER LeidensMOMENTe
und LiebesMOMENTe sortiert,
nutzt ein Räuber die MOMENTsituation
MOMENTweise ungeniert
und klaut von allen, die warten,
in ÜberraschungsMOMENTen beziehungsweise
GefahrenMOMENTen die Kreditkarten!
SOMMER pressiert's, wegen der Sprechstundenzeiten.
Derweil ist WINTER am Herumstreiten
in LeidensMOMENTen mit SOMMERs
Kreditkarteninstituten. MOMENTanzustand: gehetzt.
SOMMERs Spruchkalender rät:
»Lebe dein Leben! Jetzt!«

Haushaltshilfe WINTER und Doktor SOMMER im ODEL

Doktor SOMMERs Haushaltshilfe WINTER
rODELt und jODELt
am RODELschlitten vom RODELberg. Nachbarbauer
SOMMERach ODELt
mit SchweineODEL absichtlich im Auslauf
der RODELbahn
seinen WINTERweizen unterm WINTERschnee!
Wie im Wahn
wendet er Traktor mit ODELanhänger im RODELgebiet
schräg am RODELhang. Einer vom RODELclub flieht
noch vorm herausspritzenden ODEL!
Zwei MODELlbauer kriegen
ODELspritzer ab. WINTER und ein TopmODEL liegen
im ODEL zwischen kollidierten RODELschlitten!
Ein kleiner MODELlflieger landet mitten
am ODELfass. SOMMER bräuchte WINTER
am Empfang.
WINTER duscht wegen ODELflecken und ODELgeruch
stundenlang.

Haushaltshilfe WINTER und Doktor SOMMER im PARADIES

In SOMMERs Wartezimmer verkünden
PARADIESvögel PARADIESische Zeiten!
Der Inhaber vom ObstPARADIES beginnt zu streiten.
Angestellte vom TierPARADIES mit TeePARADIES
ergreifen Partei
für die PARADIESvögel gemeinsam mit WINTER,
wobei
der SOMMERbademeister vom BadePARADIES fleißig
Bilder schießt, wie sich dreißig
rubinrote PARADIESäpfel, vom Inhaber des
ObstPARADIESes gegen
PARADIESvögel geschleuert, pfeilschnell durch den
Luftraum bewegen!
Des SOMMERbademeisters Bilder werden preisgekrönt,
den Inhaber vom ObstPARADIES verhöhnt
die Allgemeinheit neuerdings. Seine PARADIESäpfel
bleiben liegen.
SOMMER sponsert das BadePARADIES. Gerechtigkeit
muss siegen!

Haushaltshilfe WINTER und Doktor SOMMER im RING

SOMMER und WINTER verbRINGen dRINGend
benötigte Urlaubstage herumhüpfend
und herumspRINGend
im Sporthotel! SOMMER mampft ButterkRINGel.
WINTER, GoldRINGe
und den EheRING tragend, bemerkt glänzende Dinge
in den Schnäbeln der beRINGten,
herumflatternden Papageien,
die OhrRINGE überbRINGen.
Oder Gäste davon befreien.
Ehemalige RINGkämpfer bRINGen SOMMER
im BoxRING Kampfsport
bei. WINTER und andere werden genau dort
von Papageien beklaut! Ein Hund mit RINGelschwanz
vollführt, ZuckerkRINGel jonglierend,
in RINGelsocken einen Tanz
im BoxRING, während Papageien
vorm Sporthotel »RINGelnatz«,
durchdRINGend kreischend, im ehemaligen
PferdeführRING am Vorplatz
sämtliche RINGe verstecken. SOMMER findet
verbuddelte DichtungsRINGe.
WINTER, unbeRINGt, backt DinkelkRINGel
mit RINGerin Inge!

Haushaltshilfe WINTER und Doktor SOMMER im STAAT

WINTER und SOMMER schippern komfortabel
auf STAATskosten
vorbei an BienenSTAATen und AmeisenSTAATen
im Osten
des STAATsforstes. STAATssekretärinnen,
STAATsförster und ein STAATsoberhaupt,
das an künftige Windräder im STAATsforstrevier glaubt,
sitzen in Limousinen vom STAATlich geförderten
Busunternehmen.
Weil etliche Holzvollernter im STAATswald
den bequemen
Forstweg blockieren, steuern STAATsbedienstete
in eine Rückegasse,
auf STAATswaldflächen ungeeignet für Limousinen
der Oberklasse.
Das stattliche STAATsoberhaupt, den STAATsbesitz
nicht beachtend,
weil Urlaubsbilder aus den Vereinigten
STAATen betrachtend,
muss mit SOMMER und WINTER
festsitzende Limousinen
verlassen; vor AmeisenSTAATen, BienenSTAATen und
aggressiven Bienen,
die das auf Bienengift allergische
STAATsoberhaupt angreifen!
Durchs STAATsforstrevier preschen Krankenwagen,
begleitet von Polizeistreifen.

Haushaltshilfe WINTER und Doktor SOMMER im VERLAG

Der VERLAGsleiter VERLAGert sein Gewicht.
Sämtliche VERLAGsprodukte
seines ZuschussVERLAGs, wie VERLAGsremittenden,
VERLAGsverträge und gedruckte
Bücher für die VERLAGsbuchhandlung verbrannten!
Der VERLAGsleiter gab einem Unbekannten
Geld fürs Brandstiften, erfährt SOMMER
vom VERLAGsleiter,
der Brandwunden hat. »Erzählen Sie's nicht weiter«,
sagt der VERLAGsleiter, an Haushaltshilfe
WINTER gewandt.
»Aber ein ehemaliger VERLAGsmanager,
mit mir verwandt,
leitet die Brandversicherung.« Im Wartezimmer hören
VERLAGskauffrauen
mit. Kann der VERLAGsleiter neue VERLAGshäuser
aufbauen?
Die VERLAGskauffrauen aus ZeitungsVERLAGen und
KunstVERLAGen grübeln.
Können sie das Leben des VERLAGsleiters verübeln?

Haushaltshilfe WINTER und Doktor SOMMER im ZAUBER

In ZAUBERshows lässt ZAUBERin »ZAUBERbiene«
»EntZAUBERndes« verschwinden,
das in der materiellen Welt schlechtes Befinden
auslöst! Erst hat Doktor SOMMER
»ZAUBERbiene« besucht.
Er erzählt Haushaltshilfe WINTER
von »ZAUBERbiene«, bucht
die ZAUBERhafte ZAUBERshow
für Patienten und findet
nichts dabei, als gleich sein Stethoskop verschwindet,
denn der ZAUBERstab ist magisch,
den ZAUBERin »ZAUBERbiene« ganz tragisch
zerbricht, sodass alle Splitter
aufsammeln – verZAUBERte! »ZAUBERbiene«
schluchzt bitter,
während sie unauffällig Schmuck und Handys entwendet.
Was WINTER filmt und ans Polizeirevier sendet.

Haushaltshilfe WINTER und Doktor SOMMER im ZUG

Haushaltshilfe WINTER und Doktor SOMMER
interviewen ZUGehfrauen,
die sich vor ZUGtoiletten und ZUGpersonal trauen,
im ZUGigen Gang des ZUGes zu streiken!
SOMMER, WINTER, ZUGführer, AufZUGsmonteure
und ZUGbegleiter »liken«
die Facebook-Seite der ZUGehfrauen. Der ZUG
stoppt im ZUGtunnel. Beim vorangegangenen
ZUGunfall schlug
ein ZUGführer mit dem Kopf zwischen ZUGweichen,
angeblich! Die ZUGtüren klemmen.
Gibt's draußen Leichen?
Ein reicher Firmeninhaber mietete ZUGabteile,
und weil's nach einer Weile
in den ZUGtoiletten riecht, überreicht er kurzerhand
den ZUGehfrauen seine Bargeldreserven,
die mit Sachverstand
weiterputzen und mehrere Fotos auf Facebook einstellen,
inklusive SOMMER! Auf Facebook
schlägt's hohe Wellen.

Haushaltshilfe WINTER und Doktor SOMMER in BRAUN

Doktor SOMMER und Nachbarbauer
SOMMERach führen BRAUNgefleckte
Kühe an BRAUNen Halfterstricken,
und BRAUNhaarige, aufgeweckte
Kindergartenkinder waten, BRAUN beschuht,
durch erdBRAUNen Morast
hinterdrein. Ein Mädchen in hellBRAUNer Jacke befasst
die rehBRAUNen Augen vom toten, rotBRAUNen Reh
und stopft heimlich rehBRAUNes Fell und Schnee
in ihre BRAUNe Brotbox zum dunkelBRAUNen
BRAUNhirsebrot.
Hinter SOMMERachs Bauernhofkindergarten werfen
Jungs schmutzigBRAUNen Kot
von Rindern auf gelbBRAUNe Geländewagen
der Kindsväter! Nach zwei Tagen
schließt SOMMERach den Kindergarten wieder,
obwohl Haushaltshilfe WINTER lustige Lieder
von BRAUNbären komponiert, die rostBRAUNe
Geländewagen umtanzen!
SOMMERach entsorgt BRAUNhirsebrot aus einem
BRAUNgestreiften Schulranzen.

Haushaltshilfe WINTER und Doktor SOMMER in der BIBLIOTHEK

Im BIBLIOTHEKsraum über BIBLIOTHEKsregalen
schreien
von BIBLIOTHEKsleitern und BIBLIOTHEKslampen
BIBLIOTHEKspapageien
auf den BIBLIOTHEKsoberinspektor, SOMMER,
WINTER und BIBLIOTHEKshunde
herunter! Auf BIBLIOTHEKstischen landen Kleckse. Ein
BIBLIOTHEKskunde
stolpert vor der BIBLIOTHEKswand und der Klappe
der Buchrückgabebox auf einen Karton aus Pappe.
BIBLIOTHEKsreferendare, ein BIBLIOTHEKsleiter,
BIBLIOTHEKsvorstände und BIBLIOTHEKsoberräte
schwätzen
vor SOMMER gerade übers Umsetzen von
BIBLIOTHEKsgesetzen,
als WINTER zwischen BIBLIOTHEKsmöbeln
spontan den Pappkarton
öffnet. Von innen erklingt ein miauender Ton!
»Ihre neue BIBLIOTHEKskatze!«, scherzt SOMMER
vorm BIBLIOTHEKsinspektor,
mit den BIBLIOTHEKspapageien,
BIBLIOTHEKshunden und WINTER davor
weilend. Dem BIBLIOTHEKsmanagement reicht das
vorhandene Getier.
WINTER verlässt statt mit Büchern aus Papier
die StadtBIBLIOTHEK im BIBLIOTHEKsneubau mit
einem Katzenjungen
und findet die BIBLIOTHEKsnutzung
dennoch sehr gelungen!

Haushaltshilfe WINTER und Doktor SOMMER in der OPER

Vor SOMMER und WINTER fahren OPERntenöre,
OPERnlieder
schmetternd und OPERnmasken tragend,
schlingernd immer wieder
im Kreis in der OPERngarage! SOMMER zuckt
zusammen, als einem OPERnunternehmer
OPERnzeitschriften, frisch gedruckt,
entgleiten. WINTER lässt OPERnmagazine fallen. Ein
OPERnintendant,
OPERnglas, OPERnzeitung und OPERntextbuch
umklammernd, sehr bekannt,
parkt nebenan! WINTER will aussteigen.
SOMMER möchte WINTER
PferdeOPERationsversicherungen zeigen.
OPERnmusik aus SeifenOPERn ertönt,
als mehrere OPERngestalten,
OPERationsmasken tragend, SOMMER befehlen,
woanders zu halten.
SOMMERs Auto ruckt und rammt OPERnfreunde,
OPERntenöre,
OPERnsängerinnen und OPERnregisseure,
die sich über OPERnchöre
unterhalten. WINTER zerkratzt dem
OPERnintendanten die Autotür,
als sie rauspurzelt. Der verprügelt SOMMER dafür.

Haushaltshilfe WINTER und Doktor SOMMER in der SCHULE

WINTER und SOMMER besuchen FahrSCHULEn,
LandwirtschaftsSCHULEn, SCHULExperten,
ReitSCHULEn, GrundSCHULEn, HundeSCHULEn und
RealSCHULEn. Sie bewerten,
beschreiben und fotografieren
etliche Schultoilettenanlagen!
SCHULExperten stellen Benutzern dazu Fragen.
Zwei ReitSCHULEn SCHULEn Pferde
und drei Putzfrauen,
die exzellent putzen und sich reiten trauen,
hinterher! SOMMER fotografiert deren Springunterricht.
RealSCHULEn erhalten einen schlechten Bericht.
Die Reinigungsfirmen SCHULEn
das Personal gut genug.
Nur wär's laut SCHULExperten und SOMMER klug,
die Schultoiletten gründlich zu sanieren. SOMMER leitet
Zeitungsverleger SCHULEnberg Berichte weiter,
der die verbreitet,
als Titelstory »Manche SCHULEinrichtungen. Beileibe
kein Vergnügen.
Die Schultoiletten rangieren hinter denen in Zügen!«

Haushaltshilfe WINTER und Doktor SOMMER in EILE

Haushaltshilfe WINTER und Doktor SOMMER,
beim AbsEILEn
in der Kletterhalle an Abseiltechniken fEILEnd, tEILEn
zwischen bunten KletterSEILEn Klettergriffe an der
stEILEn
Kletterwand. »SOMMER solle sich nach unten beEILEn,
Polizisten wollen ihm irgendetwas mittEILEn«,
rufen unten
Zuschauerinnen, mit NagelfEILEn hantierend,
auf SOMMERs bunten
SEILEn sitzend. Zwei zertEILEn verträumt,
Nagelscheren ausprobierend,
ohne EILE WINTERs HalbSEILE,
neue Seilknoten präsentierend!
SOMMERs BeEILEn beim AbsEILEn
wirkt unkontrolliert,
zwischen bunten SEILEnden.
WINTERs Lächeln gefriert,
als SOMMER auf NagelfEILEn landet. Das hässliche
Knacken seines Knöchels lösen in WINTER
unvergessliche
Gefühle aus. UmherEILEnde Polizisten?
FEILEnde Zuschauerinnen? – Fehlanzeige!
Mit Bänderrissen geht SOMMERs
SOMMERabend zur Neige.

Haushaltshilfe WINTER und Doktor SOMMER in ESSEN

Haushaltshilfe WINTER und Doktor SOMMER ESSEN
NachmittagsESSEN
in einer ESSENer Naturheilklinik. Der dicken, kESSEN,
auf SOMMER versESSENen ESSENerin erzählt
WINTER Kurioses
über SOMMER, der selbstvergESSEN
unter ZyprESSEN Großes
dem verfrESSENen Kater, der andere InterESSEN hegt,
überlaut anvertraut. SOMMER zerlegt SaftprESSEN.
WährenddESSEN bewegt
WINTER die Frage, wohin ihre Socken verschwinden?
Auch die ESSENerin kann ihre nicht finden!
Die HESSENer Putzkraft mit den Zahnlücken
wedelt indESSEN mit diversen Socken-Einzelstücken
und saust dem stattlichen, verfrESSENen
Kater hinterher!
Die Socke in dESSEN Maul wiegt schwer.
Bewirkt bei SOMMER die ayurvedische Behandlung
trotz üppigem ESSENs eine positive Wandlung?

Haushaltshilfe WINTER und Doktor SOMMER in GRÜN

Haushaltshilfe WINTER und Doktor SOMMER
betrachten laubGRÜNe
Geländewagen neben GRÜNabfall. Ein smaragdGRÜN
gekleideter Hüne
vom Forstamt erklärt, durch Pfützen
in moosGRÜN wandernd, dass Militärschützen
im WaldGRÜN üben. Die hätten das GRÜN
abgeriegelt! SOMMER entgegnet unterm GRÜNen
Regenschirm kühn,
er könne keine Sperrung oder GRÜNde gegen
einen Waldspaziergang erkennen! GRÜNe Laubhaufen
neben Waldwegen
inspirieren WINTER glatt zum Reinspringen!
SOMMER filmt.
Ohrenbetäubene Schussgeräusche erklingen.
Am GRÜNen Laubhaufen landen hellGRÜNe,
frische Blätter.
Braucht die geschockte WINTER SOMMER als Retter?

Haushaltshilfe WINTER und Doktor SOMMER in KÖLN

Doktor SOMMER will
den KÖLN-Marathon mitlaufen!
Haushaltshilfe WINTER,
SOMMERlaufschuhe tragend,
ist am Hinterherschnaufen.
SOMMERregen durchdringt
SOMMERlaufschuhe und SOMMERsocken,
als eine KÖLNer Zuschauerin, Kuhglocken
schwenkend, zwischen Läufer stolpert!
WINTER, einen SOMMERreifen
umlaufend, der da liegt, kann kaum begreifen,
wieso sie stürzt. Ein pitschnasser
KÖLNer Zuschauer, nach KÖLNisch Wasser
duftend, fördert WINTER
unter gestürzten Läufern zutage.
Der wohlhabende KÖLNer,
in bester KÖLNer Wohnlage
lebend, lässt WINTER in seiner
SOMMERresidenz saunieren!
SOMMER überquert die Ziellinie auf allen vieren,
während WINTER im Saunaraum schwitzt
und der KÖLNer daneben sitzt.

Haushaltshilfe WINTER und Doktor SOMMER in LEER

Die LEERaner Uferpromenade
ist wie LEERgefegt!
Doktor SOMMERs Haushaltshilfe
WINTER hält aufgeregt
in der Stadt LEER LEERgegessene
und LEERgetrunkene Plastikbehälter.
Die verfressene
Araberstute, auf der Doktor SOMMER thront, geht
durch! Der LEERaner Friesland-Krimi wird gedreht!
SOMMER und WINTER sind als Statisten gebucht;
reiten könnende. Der LEERaner aus LEERort versucht,
WINTER in gähnender LEERe
vor LEERstehenden Parkplätzen
umzubringen.
Eigentlich sollte SOMMERs Araberstute
in Galoppsätzen
vorbeijagen. Stattdessen liegt
Reiter SOMMER LEER
blickend am Zebrastreifen
im dichten Straßenverkehr.
Vor der LEERaner Bürgerzeitung
wird alles LEERgeräumt.
Hat SOMMER trotz geistiger LEERE
alles geträumt?

Haushaltshilfe WINTER und Doktor SOMMER in LINZ

Eigentlich sollte der LINZer Reiseleiter
mit BLINZel-Tick
LINZer Sehenswürdigkeiten ansteuern.
Aber nach einem Blick
ins SOMMERgewitter lotst der LINZer,
von BLINZelspielen
redend, Doktor SOMMER
und Haushaltshilfe WINTER vielen
LINZern vorstellend, in sein Lieblingscafé!
Den BLINZelreflex,
hohe BLINZelfrequenzen und das BLINZelspiel
»BLINZelmörder« sechs
Mal bLINZelnd erklärend, will der LINZer durchstarten
in seine vergnügten BLINZelspiele!
Als Spielpreise warten
LINZer Torten, LINZer Kipferl und LINZer Plätzchen,
die der LINZer Reiseleiter
mit schief hängendem Lätzchen
verspeist! SOMMER zahlt die Zeche
stark bLINZend, wobei eine freche
LINZerin ihm zuraunt, der Reiseleiter wäre bekannt
fürs BLINZelspiel.
LINZ-Führungen findet der uninteressant.

Haushaltshilfe WINTER und Doktor SOMMER in MÜNSTER

Haushaltshilfe WINTER und Doktor SOMMER trotten
MÜNSTERländer
Hunde am MÜNSTERschen Kanal hinterher.
Teure Halsbänder
zieren die Hälse. Im Allwetterzoo
MÜNSTER verschwindet WINTER aufs Klo
und SOMMER im MÜNSTERaner Supermarkt.
Das MÜNSTERland
wollten beide eigentlich besichtigen!
Aber WINTERs Hand
wird sofort von einem der MÜNSTERländer beleckt,
der WINTER und SOMMER zwischen
MÜNSTERanern entdeckt.
Eine MÜNSTERanerin, die vorm Verwaltungsgericht
MÜNSTER mit MÜNSTERländern steht, spricht
WINTER an.
»Die MÜNSTERländer gehören dem Grafen
hinterm MÜNSTERaner Schloss. Dem mit den Schafen!«
WINTER und SOMMER wollen die
MÜNSTERländer abgeben.
Die beim einsetzenden WINTERgewitter
an ihnen kleben!

Haushaltshilfe WINTER und Doktor SOMMER in ROM

Und Haushaltshilfe WINTER und
Doktor SOMMER fahren
nach ROM. StROMverkäufer, auf StROMfahrzeugen
und DROMedaren
thronend, werben für einen StROManbieter
mit SolarstROManlagen,
inklusive SolarstROMspeicher und SolarstROMrechner.
Für SOMMERs StROMfragen
wollen sie ihm »Vertriebspartner StROMvertrieb«
schicken! WINTER gibt Adressen lieb
preis, auch von an SolarstROMspeichern
und SolarstROM
interessierten Bekannten. SOMMER,
am Petersdom in ROM
lehnend, vergisst die ganze StROMerzeugung.
Der StROManbieter
jedoch belästigt daheim SOMMER und andere Mieter,
indem er im HausstROMnetz StROMausfälle inszeniert!
SOMMERs WINTERgarten durchtrampeln
DROMendare. WINTER friert.

Haushaltshilfe WINTER und Doktor SOMMER in SEKUNDEN

Doktor SOMMER fällt beim Autofahren
in SEKUNDENschlaf.
Für SEKUNDEN sieht er Nachbarbauer
SOMMERachs Schaf
am Straßenrand! Weil Haushaltshilfe WINTER
SEKUNDENkleber verklebt
am Beifahrersitz, erwacht SOMMER in
SchreckSEKUNDEN, schwebt
SEKUNDENlang zum Schaf und lenkt dann gegen.
WINTER klopft gegen SEKUNDENzeiger.
In SEKUNDENbruchteilen bewegen
sich Scheinwerferlichter vom entgegenkommenden Last-
kraftwagen. »Die SEKUNDENschnelle
Lieferung? Aussichtslos. Wir liefern auf der Stelle!«,
liest SOMMER oberhalb der Windschutzscheibe.
WINTER erwacht
neben SOMMER im Ehebett und streichelt sacht,
nach SOMMERweinen duftend, über SOMMER,
für SEKUNDEN.
SOMMERs Unterbewusstsein hat einen kuriosen
Werbespruch erfunden.

Haushaltshilfe WINTER und Doktor SOMMER in TRIER

Haushaltshilfe WINTER und Doktor SOMMER
lauschen konzenTRIERt
einem TRIERer vorm TRIERer Dom,
der demonsTRIERt,
sonst aber Bücher illusTRIERt. Der TRIERer zieht
WINTER zu DemonsTRIERenden.
Eine TRIERer Polizistin sieht
zu, und ihr Polizeihund, im ersten Einsatz,
kürzlich kasTRIERt und sich losreißend am Vorplatz,
zwickt den TRIERer mit Übermut!
Vorm TRIERer Dom fließt Blut,
zwischen DemonsTRIERenden und Polizisten entsteht
ein Handgemenge,
und SOMMER und WINTER werden ins Gedränge
vom demonsTRIERenden, illusTRIERenden und
frusTRIERten TRIERer geradezu
hineingeschubst! – SOMMER und WINTER
sind »per Du«
im TRIERer Krankenhaus mit Ärzten, aus Studienzeiten.
SOMMER kommt mit Professor WINTERbach
ins Streiten.

Haushaltshilfe WINTER und Doktor SOMMER in ZUKUNFT

Doktor SOMMER ist beim
ZUKUNFTskongress am Dösen.
Möge ihn und Haushaltshilfe WINTER jemand erlösen,
vom Bereitschaftsdienst! ZUKUNFTsmusik plätschert
ZUKUNFTsweisend, meditativ, ZUKUNFTsorientiert
und ZUKUNFTsfähig. SOMMER träumt,
dass WINTER herumoperiert,
und zwar an ZUKUNFTsforschern,
und denen ZUKUNFTsvisionen
transplantiert! SOMMER verdient derweil
mit ZUKUNFTsfilmen Millionen.
WINTER kann derweil mit ZUKUNFTssehern
ZUKUNFTshoroskope, ZUKUNFTsthemen
allgemein, ZUKUNFTstechnologien und
ZUKUNFTspläne durchnehmen.
Ein ZUKUNFTsunternehmen
bietet WINTER kostenloses Wohnen im
ZUKUNFTshaus »ZUKUNFTstraum«.
WINTER zieht ein. SOMMER sieht sie kaum.
Es ist ein Tiny House im ZUKUNFTszentrum,
18 Quadratmeter. SOMMER findet's
ZUKUNFTslos und dumm.

Haushaltshilfe WINTER und Doktor SOMMER ist ÜBEL

WINTER und SOMMER ist's ÜBEL.
ÜBELtäter, ÜBELriechend,
verlangen vom ÜBEL zugerichteten Patienten
ÜBELeisen, kriechend
hinter BlumenKÜBELn mit SOMMERblumen
zu verschwinden.
Zwei ÜBELtäter, die SOMMERs Handfesseln zubinden,
verÜBELn WINTERs Fluchtversuch. ÜBELeisen, hinter
BlumenKÜBELn unsichtbar,
zerquetscht herumliegenden HolzdÜBEL,
während er ein paar
SMS' absendet! Ein ÜBELtäter schießt ohne Verstand
mit ÜBELkeit drauflos.
Geschossreste prallen vom BlumenkÜBELrand
ab und verletzten die ÜBELgesinnten,
ÜBELlaunigen Gesellen.
Journalistinnen, denen wegen
SchwangerschaftsÜBELkeit sterbensÜBEL ist, verstellen
den ÜBELtätern Fluchtwege!
ÜBELeisen hat die herbestellt.
WINTER, ÜBELeisen und den schwangeren
Journalistinnen gefällt
der WaschkÜBEL, den SOMMER hinter WeinKÜBELn
hervorzieht,
während er grÜBELt, und ein ÜBELtäter flieht.

Haushaltshilfe WINTER und Doktor SOMMER LACHEN

Doktor SOMMERs Haushaltshilfe WINTER
will das LACHEN
LACHENd durch fLACHEN Humor
zum Tageshighlight machen!
Ein Lachtrainer verteilt Masken mit
LACHENden Gesichtsausdrücken
von Affen. Der LACHENde Lachtrainer hat Zahnlücken.
Humorlose Halbwüchsige,
die nicht LACHENd spielten, hielten
den LACHENden für ein Standbild und zielten
mit Wurfgeschossen in der Fußgängerzone
drauf. Über sich LACHENd, ohne
Zukunftsangst, lebt's sich, laut Lachtrainer, am besten!
HohnLACHEN, SchiefLACHEN, TotLACHEN
und KinderLACHEN ohne festen
Schneidezahn demonstriert der Lachtrainer,
20 Minuten lang.
SOMMER und WINTER verzeichnen einen
großen Patientenandrang!

Haushaltshilfe WINTER und Doktor SOMMER mit APOTHEKE

Doktor SOMMERs Haushaltshilfe WINTER kennt das
APOTHEKErehepaar
in der RathausAPOTHEKE am APOTHEKErplatz.
Im Hitzejahr
bittet das APOTHEKErehepaar WINTER,
APOTHEKErkassen und APOTHEKErwaren
kurzfristig zu überwachen! APOTHEKEnlieferanten mit
APOTHEKEnlieferverträgen fahren
zum APOTHEKEneingang. WINTER,
die grüne APOTHEKErschürze vorgebunden,
hilft. Ein APOTHEKEnkurier mit
APOTHEKEnkuriertaschen berät APOTHEKEnkunden,
und wegen der APOTHEKEnlieferanten,
einer telefonischen APOTHEKEnbestellung
und der Versorgung einer APOTHEKEnkundin
mit Fußprellung
vergisst WINTER den APOTHEKEnkurier mit den
APOTHEKEnkuriertaschen.
Lang danach überreicht das APOTHEKErehepaar
SOMMER SOMMERweinflaschen
und berichtet, dass der APOTHEKEnkurier
APOTHEKEnpflichtige Arzneimittel,
APOTHEKEnbedarf und vier
APOTHEKEnschlüssel aus der
APOTHEKEnkasse entwendete.
Alles aber kurioserweise wieder zurücksendete!

Haushaltshilfe WINTER und Doktor SOMMER mit BISS

Doktor SOMMERs Haushaltshilfe WINTER
hat angeBISSene Brezenstücke
eingesteckt. Der verBISSen dreinblickende
Zahnarzt mit Zahnlücke,
sich BISSige Bemerkungen zuwerfendem Personal,
ÜberBISS, PferdegeBISS
und ein BISSchen Mundgeruch hat gewiss
selbst BISSprobleme, denkt WINTER spontan.
Bloß, dass der totenbleich momentan
dasitzt und auf seinen abgeBISSenen Finger stiert!
Bei festen ProbeBISSen ist WINTER vorhin passiert,
von was sie vormals in Illustrierten bloß
las. Dass der Zahnarzt durch BISSe fingerlos
wurde! Für die AufBISSschiene musste WINTER kräftig
zubeißen. Unerwarteterweise war
WINTERs BISS zu heftig.

Haushaltshilfe WINTER und Doktor SOMMER mit BROT

Doktor SOMMERs Haushaltshilfe WINTER gewinnt
BROTbackmischungen, BROTbackmaschinen
und SupermarktBROT einer BROTfabrik,
die in Werbemagazinen
riesige SauerteigBROTe und KnäckeBROTe hinter einem wangenroten
BROTbäcker abbildet!
»Viel BROTgeschmack ist nicht geboten«,
murmelt SOMMER, der kaugummihafte BROTklumpen auf ButterBROTpapier
neben BROTverpackung, BROTdosen, zerkauten BROTstückchen und vier
Metallteilchen spuckt, die er mit BROTmessern herumschiebt,
bis er zwischen BROTrinden seine Zahnplombe heraussiebt.
WINTER gewann IndustrieBROT auf Lebenszeit!
SOMMERs BROTdosen
betrachtend, schimpft ein Patient von seiner »BROTlosen Kunst«. Als Bio-BROTbäcker mit mehlfreien BROTteigen
kann er WINTER angekeimte, zerkleinerte Dinkelkörner zeigen,
die in den BROTscheiben seiner BioBROTe stecken!
In SOMMER, WINTER und vielen Patienten erwecken
diese BioBROTe eine neue BROTlust. SOMMER futtert
FrüchteBROT beim Behandeln, das er zudem buttert.

Haushaltshilfe WINTER und Doktor SOMMER mit FRAGE

Doktor SOMMER lässt FRAGEn FRAGEn
am FRAGEntag
in FRAGEstunden! Da FRAGEnde SpezialFRAGEn
zu Zahnbelag
haben, will Haushaltshilfe WINTER Zahnarzt
FRAGEl ausFRAGEn,
nur dass schon beim AnFRAGEn Balken auFRAGEn,
am Videobild. FRAGEls FRAGEnde Blicke
werden gesendet,
dann vertieft er sich in FRAGEnkataloge, verschwendet
Zeit, um auf FachFRAGEn einzugehen
und kann das »nichts verstehen«
der FRAGEnden selbst nicht sehen!
SOMMER, WINTER und FRAGEsteller verdrehen
die Augen, als FRAGEl Rechnungen
für FRAGEnbeantwortungen
zwischen Balken hochhält!
Diese Überraschung ist gelungen.
Kann SOMMER gegen Rechnungen für FRAGEn,
ohne Antworten bekommen zu haben, klagen?

Haushaltshilfe WINTER und Doktor SOMMER mit GICHT

Doktor SOMMERs lustiger GICHTpatient
mit den GICHTknoten
bringt nicht nur Haushaltshilfe WINTER mit Anekdoten
zum Lachen! Trotz GICHTanfällen
und GICHTschmerzen
hebt der GICHTerkrankte mit seinen Scherzen
spürbar die Stimmung.
Trotz GICHTgeschwür und GICHTattacken –
seine GICHTfinger, die berühmte
GICHTkranke zeichnen, umpacken
den Zeichenstift erstaunlich fest.
»Meine GICHTtherapie«,
lächelt der GICHTpatient. »Welch ein Genie«,
meint SOMMER, der sämtliche Bilder aufhängt.
Der GICHTerkrankte wird von Wartenden bedrängt,
jeder will Bilder von GICHTigen Greisen erwerben!
Während WINTER plötzliche GICHTschmerzen den
Tag verderben.

Haushaltshilfe WINTER und Doktor SOMMER mit GUMMI

Doktor SOMMER kauft KauGUMMI, GUMMIenten
und GUMMImatten.
GUMMIschläuche und GUMMImäntel von
Haushaltshilfe WINTERs platten
GUMMIreifen am Hollandrad will SOMMER
spontan flicken,
mit GUMMIringen, Kleber für GUMMI und dicken
Stücken aus den GUMMImatten, die er verklebt.
Bevor er mit GUMMIenten das Wartezimmer belebt.
WINTER, die nach draußen blickt,
sieht, wie wer sich anschickt,
ihr geliebtes Hollandrad zu entwenden!
Mit GUMMIhandschuhen an den Händen
hechten SOMMER und WINTER zum Hauseingang!
Der Dieb fährt; aber nicht lang,
weil's laut knallt und GUMMIstücke sich lösen.
SOMMER filmt zufällig den Sturz, den bösen.

Haushaltshilfe WINTER und Doktor SOMMER mit KAPSEL

Bei KAPSELverletzungen gilt Doktor SOMMER
als versiert.
Trotz KAPSELschmerzen und KAPSELschwellung am
Finger probiert
Haushaltshilfe WINTER,
die KAPSELgrößentabelle neben
verschluckbaren KameraKAPSELn für
KAPSELendoskopien hochzuheben
und SOMMERs Vitaminpulver in
HartgelatineKAPSELhüllen
für die KAPSELherstellung zu füllen.
SOMMERs KAPSELn helfen bei verKAPSELten
Insektenstichen, KAPSELfibrosen,
KAPSELschrumpfungen, KAPSELzerrungen,
KAPSELgelenkentzündungen und sind im Großen
und Ganzen gegen alle Wehwechen
nebenwirkungsfrei einsetzbar!
Auch bei KAPSELtrübung am Auge, dem Nachstar.
SOMMER produziert Fingerschienen für Finger bei
KAPSELrissen
und Krankschreibungen bei KAPSELverletzungen mit
bestem Gewissen,
was selbst Patienten mit leichten
KAPSELüberdehnungen begrüßen.
WINTER kann mit VitaminKAPSELn
die Wartezeiten versüßen.

Haushaltshilfe WINTER und Doktor SOMMER mit KATZE

Und Haushaltshilfe WINTER und Doktor
SOMMER betreuen
übers Wochenende NachbarsKATZEn.
Mit KATZEnkriechtunnel, KATZEnminze, neuen
KATZEntrockenfutter-Sorten, KATZEnspielbällen,
KATZEnangeln, KATZEnbürsten und KATZEngras
beschäftigen sie die KATZEn, die mit Vollgas
herumwirbeln! KATZEnnäpfe stehen neben Kochplatten,
mit Fressen.
Aufs neue KATZEntrockenfutter sind sie ganz versessen.
Die dicke TigerKATZE futtert sich durchgehend voll.
SOMMER und die SiamKATZE finden
KATZEnspielzeuge toll.
WINTER versenkt KATZEnspielbälle im Wassertopf
vor KATZEntatzen.
Die SiamKATZE angelt.
Die TigerKATZE knurrt Spatzen
vorm Küchenfenster an, bevor sie
KATZEnnäpfe umstößt.
Erheblich später, als WINTER neben SOMMER eindöst,
werden beide vom Geheul von
Rauchwarnmeldern aufgeschreckt.
Die KATZEn haben Herdknöpfe
für KATZEnspiele entdeckt!

Haushaltshilfe WINTER und Doktor SOMMER mit KUGEL

Und Haushaltshilfe WINTER und
Doktor SOMMER spielen
Komparsen im Krimi »KUGELhagel«.
Hinter EisKUGELn zielen
Amokläufer im Nobellokal »KanonenKUGEL«
mit KUGELsicheren Westen
mittels Schrotflinten mit SchrotKUGELn
auf SOMMERs besten
Freund, der trotz KUGELbauch RumKUGELn
verdrückt,
den Lokalbesitzer spielt und wie verrückt
ist vor Angst! WINTER produziert PapierKUGELn,
gelangweilt
von der 10. Szenenwiederholung und SOMMER zerteilt
EisKUGELn und RumKUGELn, aus denen er
KUGELrunde
MiniKUGELn formt. Als die Amokläufer eine Stunde
später meinen, sie hätten Gift aus KUGELfischen
über essbare KUGELn gestreut und
SchrotKUGELn zwischen
Komparsen aufsammeln,
lachen alle über deren Witzigkeit!
SOMMER sackt zu Boden. Eindeutig nicht einsatzbereit.

Haushaltshilfe WINTER und Doktor SOMMER mit LEIB

Doktor SOMMERs Haushaltshilfe WINTER
findet LEIBeserziehung wichtig!
SOMMERs LEIBliche, beLEIBte Mutter
will LEIBesübungen richtig
ausführen, unter WINTERs Regie;
trotz StarkLEIBigkeit, UnterLEIBsschmerzen,
ausBLEIBender LEIBrente und
bLEIBenden Schäden am Herzen!
Am Jahrmarkt futtert SOMMERs Mutter
trotzig LEIBspeisen.
Schausteller suchen »Frauen ohne UnterLEIB«
zum Mitreisen!
SOMMERs Mutter will nach Probeauftritten
dabeibLEIBen.
LEIBgerichte darf sie sich regelmäßig einverLEIBen.
Zudem erhält sie LEIBwäsche, LEIBwärmer
und LEIBbinden.
Schausteller LEIBfried LEIBach,
SOMMER und WINTER finden
die neue »Frau ohne UnterLEIB« wirklich top!
»Kreative LEIBtherapie« nennt
SOMMERs Mutter ihren Job.

Haushaltshilfe WINTER und Doktor SOMMER mit MEDITATION

Haushaltshilfe WINTER und Doktor SOMMER
veranstalten MEDITATIONswochen!
MEDITATIONsmusik und MEDITATIONsübungen
vom MEDITATIONsmeister ertönen ununterbrochen
aus Lautsprechern. MEDITATIONsatmosphäre herrscht
vor! SOMMERs MEDITATIONsreisen
inklusive MEDITATIONstrank, Scheinmedikamenten
und MEDITATIONskissen zu Sonderpreisen
boomen, trotz WINTERs schrägen
MEDITATIONsgesangs.
SOMMER kann seine MEDITATIONSerfahrungen
anfangs
selbst nicht glauben! Die Placebos, reine Zuckerpillen,
können laut Patientin WINTERstetter
sogar SOMMERgrippe killen;
nur in Kombination mit SOMMERs
MEDITATIONsbank.
WINTERstetter empfiehlt SOMMER weiter, als Dank.
SOMMER bestellt MEDITATIONsbilder und
MEDITATIONshocker. Und kassiert.
WINTER hofft, dass SOMMER keinen Titel verliert.

Haushaltshilfe WINTER und Doktor SOMMER mit RETTUNG

Doktor SOMMERs Haushaltshilfe WINTER
filmt die RETTUNGsgasse
und schneidet RETTUNGsassistenten im
RETTUNGswagen eine Grimasse.
Zuvor filmte WINTER die RETTUNGshundestaffel
und Dänen,
die am RETTUNGsweg bei RETTUNGsübungen
etlichen Schwänen
mit RETTUNGstaschen, RETTUNGswesten und
RETTUNGsjacken
hinterherjagten! RETTUNGseinsatzleiter wollten
Schwäne packen,
die aber beim Anblick der RETTUNGsgurte,
RETTUNGsmesser,
RETTUNGsrucksäcken und RETTUNGsfolien
entschieden, dass es besser
und sicherer für sie auf der Autobahn
wäre! SOMMER murmelt genervt:
»Mein lieber Schwan«
und sucht RETTUNGsleitfäden mitsamt
RETTUNGsnotrufnummern unter Autositzen.
Der Elektromotor brennt!
WINTER gerät ins Schwitzen.

Haushaltshilfe WINTER und Doktor SOMMER mit RUHE

RUHEständler RUHEnberg empfiehlt gegen UnRUHE
zur NachtRUHEzeit
Friedhofsbesuche! RUHElos zwischen RUHEstätten und
RUHEbänken schreit
ein Waldkauz. SOMMER hebt RUHEsuchend
und gleichzeitig RUHElos WINTER fluchend
übers verschlossene Friedhofstor. RUHEständler Fritz
RUHEnberg beobachtet beide vom AltersRUHEsitz
aus genüsslich mit dem Fernglas!
Für UnRUHE, RUHEstörer und Spaß
will Fritz RUHEnberg zu NachtRUHEzeiten
selbst sorgen.
Und liest in der Zeitung am Morgen:
»Bei GrabesRUHE zwei UnRUHEstifter im RUHEwald
festgenommen!«
Das Zeitungsfoto zeigt SOMMER und WINTER.
Verschwommen.

Haushaltshilfe WINTER und Doktor SOMMER mit SAUERSTOFF

Doktor SOMMERs Haushaltshilfe WINTER
stoppt die Stoppuhr.
Im SAUERSTOFFzelt beendet die Patientin
ihre SAUERSTOFFkur.
Ursprünglich waren Professor WINTERfeldts
aufgestellte SAUERSTOFFzelte Leihgaben,
dann wollten SOMMERs Patientinnen
Langzeit-SAUERSTOFFtherapien haben!
WINTERfeldt selbst erschien mit SAUERSTOFFmaske
und SAUERSTOFFflasche
und erklärte die Langzeit-SAUERSTOFFtherapie,
seine Lieblingsmasche
zum schnellen Geldverdienen. Mit Geduld
erläuterte er SAUERSTOFFbleiche,
SAUERSTOFFatome, SAUERSTOFFschuld,
SAUERSTOFFbehandlungen fürs Gesicht und die sterile
SAUERSTOFFatmosphäre,
die mitsamt SAUERSTOFFdusche im
SAUERSTOFFzelt möglich wäre!
WINTERfeldt verkauft Zehnerkarten und kauft
SAUERSTOFFzelte nach.
SOMMER hilft, und WINTER kreischt:
»Gemach, gemach!«

Haushaltshilfe WINTER und Doktor SOMMER mit SINN

SOMMER findet den »Internationalen Tag der SINNe«
BlödSINN und unSINNig, als aber eine Plastikspinne
Professor SINNs SINNlose Spinnenphobie auslöst
im SINNvollerweise
abgedunkelten Raum, lachen
WINTER und SOMMER leise
zwischen Patienten, die sich mit
SehSINN, GeruchsSINN,
HörSINN, BewegungsSINN und zertifizierten
SINNstiftern seit Beginn
von SOMMERs »SINNvollen SINNstunden«
auseinandersetzen.
Gerade, als alle SINNfrei durcheinanderschwätzen,
wird WINTERs Gourmetwasser von »Feinkost
SINNig« geliefert. Alle spielen Flüsterpost
im Dunkeln! SINNigs Mitarbeiter produzieren
ein Scherbenmeer,
weil SINNstifter sie anrempeln. Die Getränkekisten, leer
und Scherben teilweise überdeckend, finden SINNstifter
supergut!
Wer im Dunkeln barfuß drüberwandert, zeigt Mut.

Haushaltshilfe WINTER und Doktor SOMMER mit SONNE

Doktor SOMMERs Haushaltshilfe WINTER kauft
verSONNEn HöhenSONNEn,
SONNEnschirme und das SONNEnstudio
»SONNEnsturm«! »Alles gewonnen«,
erklärt die Lottogewinnerin! SOMMER liebt
das SONNEnbaden
und ignoriert, wie WINTER, jeden sichtbaren
SONNEnschaden.
Zu den beiden SONNEnden SONNEnverbrannten
gesellen sich die wohlgeSONNEnen Verwandten
im »SONNEnsturm«. WINTER verschenkt
SONNEnliegen
und lässt großzügig Geldscheine herumfliegen
zur SOMMERSONNEnwende!
»Wenn wir mehrere Erden hätten,
wäre jede einzelne dann mit einem kompletten
SONNEnsystem?«, fragt WINTER SOMMER,
mit leichtem SONNEnstich.
SOMMER, vor SOMMERweinen rülpsend,
meint verSONNEn: »Sicherlich!«

Haushaltshilfe WINTER und Doktor SOMMER mit SPLITTER

Doktor SOMMER würde Nachbarbauer SOMMERach
gern killen,
der in SPLITTERschutzweste, SPLITTERtarnjacke mit
zwei SPLITTERschutzbrillen
übereinander SPLITTERfreies Holz neben
SPLITTERholzposten aufschichtet,
aber aufs Beseitigen der GlasSPLITTER verzichtet,
durch die Haushaltshilfe WINTER prompt radelte.
WINTERs Plattfuß am SPLITTERholz flickend, tadelte
SOMMER beide. SOMMERach, mit SPLITTERwunden
im Nacken
neben SPLITTERverletzungen durch
Langwaffengeschosse, deutet auf Holzzacken,
die unter SPLITTERschutzfolie, garniert mit
GlasSPLITTERn, hervorlugen!
Als WINTER von EisSPLITTERtorten
sinniert und klugen
Rat erteilt, setzt SOMMER sich auf HolzSPLITTER,
senkrecht aufragend! Es drohen Sepsis.
Und SOMMERgewitter.

Haushaltshilfe WINTER und Doktor SOMMER mit STOFFWECHSEL

Das STOFFWECHSELzentrum bietet eine
STOFFWECHSELambulanz,
STOFFWECHSELcoaches,
STOFFWECHSELuntersuchungen
und STOFFWECHSELgymnastik. Wenn WINTER und
SOMMER Buchungen
vermitteln, winkt beiden ein WINTERurlaub mit
STOFFWECHSELtest,
STOFFWECHSELkur und
STOFFWECHSELmassagen!
WINTER schminkt SOMMER fest,
sodass er todkrank aussieht und dreinblickt,
von seiner vermeintlichen
STOFFWECHSELentgleisung spricht und geschickt
Patienten zum STOFFWECHSELlabor
im STOFFWECHSELinstitut
schickt. STOFFWECHSELvergiftungen sind
allgemein ungut,
meint WINTER, während sie von
STOFFWECHSELproblemen berichtet,
die sie sich, STOFFWECHSELbücher anpreisend,
selbst andichtet.
Vergnügt verkauft SOMMER
STOFFWECHSELmedikamente für die
STOFFWECHSELoptimierung.
Im WINTERurlaub kassiert er
eine schwere Hauterfrierung.

Haushaltshilfe WINTER und Doktor SOMMER mit SYMPTOM

Für Doktor SOMMERs und Haushaltshilfe WINTERs
SYMPTOMsprechstunden
haben SYMPTOMlose Schauspieler HauptSYMPTOMe
und SYMPTOMbehandlungen erfunden!
»SYMPTOMe sind die kleinsten beschreibbaren
Untersuchungseinheiten.«
Beim Schauspielern bei SYMPTOMbezogenen
Untersuchungen streiten
SOMMER und WINTER wegen SYMPTOMatischer
Befunde, SYMPTOMkontrollen,
ErkältungsSYMPTOMen und dem
SYMPTOMmanagement mit witzigen, tollen
SYMPTOMfreien Schauspielern zur
SYMPTOMbekämpfung. Humor hilft heilen!
Bloß, dass Krankenkassen diese Ansicht nicht teilen.
WINTER vergibt SYMPTOMtagebücher. Gegen das
SYMPTOM »Gier«
verschenkt SOMMER weitere
SYMPTOMsprechstunden, SOMMERwein
und SOMMERbier.
Die Kosten kann WINTER keiner Krankenkasse
weiterreichen.
Müssen SOMMER und WINTER die
SYMPTOMsprechstunden streichen?

Haushaltshilfe WINTER und Doktor SOMMER mit TITEL

»Ich, Doktor SOMMER, TITELfigur,
TITELheld und Hansdampf
mit EhrendoktorTITEL auf gutem Weg
im TITELkampf!«
Dieser meisterhafte ArbeitsTITEL soll SOMMERs
Biografie beTITELn
und auf ZeitungsTITELseiten durch TITELgeschichten
gleich vermitteln,
dass sich's um einen absoluten SpitzenTITEL dreht!
Zeitungsredakteure erklären amüsiert,
dass das nicht geht.
Haushaltshilfe WINTER engagiert einen Musiker,
der TITELlose
TITELmelodien von bekannten FilmTITELn
glänzend nachspielt, große
TITELsongs nachsingt und SOMMERs Wartebereich
zur Konzertstätte
umfunktioniert! SOMMER liest vorm Publikum seine
komplette
Biografie. Anderntags kann SOMMER
TITELbild und TITELspalten
gemeinsam mit dem Musiker und WINTER erhalten!

Haushaltshilfe WINTER und Doktor SOMMER mit TRAUMA

TRAUMApädagoge Theobald fühlt sich
TRAUMAtisiert!
WINTER und SOMMER, sehr interessiert
an TRAUMAtherapien, TRAUMAfolgestörungen,
historischer TRAUMAforschung,
den TRAUMAtisierten,
TRAUMAsymtomen und postTRAUMAtischen
Belastungsstörungen, dürfen am vierten
April bei Theobalds TRAUMAtherapie mit
TRAUMAtisierten dabeisein.
WINTER verfolgt schweigend, wie ein
KriegsTRAUMAkind »Schwein«
zu SOMMER knurrt. »Das KriegsTRAUMAkind
hasst Männer«, murmelt Theobald geschwind.
WINTER will die TRAUMAtisierten ablenken.
Was sie über TRAUMAbehandlungen denken,
fragt WINTER in die Runde, ganz allgemein.
Das KriegsTRAUMAkind,
Theobald zum »Oberschwein« erklärend, unfein
rülpsend und TRAUMApädagogik als »Blödsinn«
abtuend, verlässt die TRAUMAtherapie mittendrin.
Alle anderen TRAUMAtisierten folgen.
»VerlassenheitsTRAUMAta!«, erklärt Theobald.
Und verschwindet zur TRAUMAbewältigung
tagelang im Wald.

Haushaltshilfe WINTER und Doktor SOMMER mit TRIEB

SOMMER, im benzinbeTRIEBenen Fahrzeug
mit GeTRIEBeschaden verweilend,
steigt anTRIEBslos aus, dies WINTER
telefonisch mitteilend.
SOMMERs strombeTRIEBenes Taxi kommt
wegen dem TRIEBtäter,
den TRIEBgesteuerte EisenbahnbeTRIEBsleiter
mit Polizisten suchen, später.
SOMMERs Flugzeug, nach TRIEBwerkschäden
zwischen zwei BeTRIEBshallen
beTRIEBsbereit abgestellt, muss nach einer
BeTRIEBsfeier entfallen!
SOMMER klaut Bücher über SexualTRIEBe
und stößt auf wenig Gegenliebe.
Er wankt zum BeTRIEBsgelände der Bahn,
anTRIEBsschwach
und wird vorm umTRIEBigen, splitternackten
TRIEBtäter hellwach!
Blecherne Lautsprecherdurchsagen verkünden eine
TRIEBfahrzeugstörung.
Basteln TRIEBfahrzeugführer an einer Verschwörung?

Haushaltshilfe WINTER und Doktor SOMMER mit TUSCHE

Auch Haushaltshilfe WINTER und Doktor SOMMER
TUSCHEln.
Hat die Witwe vom TUSCHEzeichner MaTUSCHEwski
Muscheln
vergiftet? TUESCHEstifte und TUSCHEkasten
umkrallend,
über TUSCHEgemälde seltsame Worte lallend,
kam der TUSCHEzeichner hereingerobbt;
TUSCHEbefleckt,
von Miesmuscheln nuschelnd und verdreckt
vor WINTER zusammensackend! SOMMER telefonierte
nach einem Krankenwagen. Darin kollabierte
MaTUSCHEwski dann, am SOMMERmorgen.
Weil, trotz Blaulicht,
waren wegen des SOMMERfestes
sämtliche Straßen dicht.
MaTUSCHEwski verstarb im Krankenwagen.
Die TUSCHEzeichnungen sind
viel wert! MaTUSCHEwski hinterlässt Frau und Kind.
Im TUSCHEzeichner »steckten« Toxine
und Muscheln, roh.
Kurioserweise auch in SOMMERs und WINTERs
Arztbüro.

Haushaltshilfe WINTER und Doktor SOMMER NICKEN

Und Haushaltshilfe WINTER und Doktor SOMMER
NICKEN
zu ihnen zuNICKENden Reitern auf kopfNICKENden,
dicken
Kaltblütern hin. WINTERs Ausweichen hat
ein UmkNICKEN
ihres Knöchels zur Folge! SOMMER blickt schicken
Reiterinnen hinterher, die Schokoladenriegel
durchkNICKEN. WINTER quiekt
vor Schmerz! Ein Spaziergänger,
mitleidig NICKENd, kriegt
von SOMMER Tipps, wie man UmkNICKEN vermeidet.
Unter WINTER kNICKEN Zweige, während sie leidet.
SOMMER, mit dem Thema »UmkNICKEN«
fertig, schiebt
WINTER auf die Autorückbank.
Bei SOMMERregen liebt
SOMMER das Autofahren zu Musik
seiner Lieblingsinterpreten!
SOMMER ist am EinNICKEN. WINTER am Beten.

Haushaltshilfe WINTER und Doktor SOMMER ohne APFEL

Doktor SOMMER trinkt APFELkorn
und isst APFELschnitten,
bevor er Operateur ZAPFELberger bei der dritten
Operation assistiert. Warum SOMMERs
AdamsAPFEL hüpft,
als er in APFELgrüne Operationskittel schlüpft,
bleibt ihm suspekt.
»Mit ZAPFELbergers APFELkorn kriegen
wir's hin, dass wir in Rekordzeit liegen!«,
krakeelt ZAPFELberger, bevor er wieder
APFELkorn hinunterkippt,
APFELringe zerkaut und an SOMMERs
APFELweinen nippt.
Haushaltshilfe WINTER bittet SOMMER telefonisch
um APFELmark
und APFELessig und stutzt. SOMMER lallt stark!
Mit selbstgebastelten APFELmännchen will WINTER
SOMMER überraschen.
Der öffnet derweil mit ZAPFELberger
neue APFELkornflaschen.

Haushaltshilfe WINTER und Doktor SOMMER ohne BEDINGUNG

Doktor SOMMERs Nachbarbauer SOMMERach fällt
aus allen Wolken! Das Geld
für Stallumbauten fehlt. Amtstierärzte hinterließen neue
TierhaltungsBEDINGUNGen,
RahmenBEDINGUNGen, BEDINGUNGsvergleiche von
Stallgebäudeversicherungen und negative Schwingungen
am Hof. SOMMERach murmelt BEDINGUNGssätze zu
BEDINGUNGskontrollen,
WetterBEDINGUNGen und halsabschneiderischen
KreditBEDINGUNGen in SOMMERs übervollen
Wartebereichen, eindeutig wirr. Haushaltshilfe WINTER
hilft BEDINGUNGslos!
Ohne VorBEDINGUNGen oder BestellBEDINGUNGen
brauchen Patienten bloß
bisschen Geld für SOMMERach spenden! SOMMER will
SOMMERach ohne NebenBEDINGUNGen zu
allgemeinen ArbeitsBEDINGUNGen still
am SOMMERabend helfen. Wobei ihn beim Ausmisten
der Schlaf übermannt. SOMMER schnarcht zwischen
Futterkisten.

Haushaltshilfe WINTER und Doktor SOMMER ohne BEFUND

Doktor SOMMER hat's für gut BEFUNDen,
BEFUNDscheine,
RöntgenBEFUNDe, BEFUNDmuster,
LeichenBEFUNDe, BEFUNDdokumentationen,
GrabungsBEFUNDe und allgemeine
BEFUNDkürzel für allgemeine BEFUNDgespräche im
Wartezimmer aufzuhängen!
Haushaltshilfe WINTERs Bekannter ist
Gerichtsmediziner. Neuerdings drängen
sich die Patienten, auch BEFUNDfreie,
um WINTERs Bekannten, der Todesschreie
bei BEFUNDauskünften und BEFUNDbesprechungen
einstreut
und sich größter Beliebtheit erfreut!
Zwar kritzelte der auf eine BEFUNDrechnung
Gesprächsgebühr,
die er von SOMMER möchte, aber dafür
kommen und berichten Journalisten
von der Boulevardpresse!
WINTER organisiert ein SOMMERfest.
Alle haben Interesse.

Haushaltshilfe WINTER und Doktor SOMMER ohne BEWEGUNG

Haushaltshilfe WINTER und Doktor SOMMER leben
BEWEGUNGsarm
beim Experiment »ohne BEWEGUNG«.
BEWEGUNGssensoren schlagen Alarm
bei zu vielen FußBEWEGUNGen, ArmBEWEGUNGen
und KopfBEWEGUNGen!
SOMMER stellt über KaumuskelBEWEGUNGen und
AugenBEWEGUNGen Überlegungen
an, die er WINTER mitteilt. SOMMERs
BEWEGUNGsarmut
tut, nach Wochen, seinem Bauchfett nicht gut.
Mit StrampelBEWEGUNGen in Schlafphasen zeigt
WINTER BEWEGUNGsdrang.
Beim Schlafwandeln steigt
SOMMER über WINTER und fällt durchs Fensterglas
im ersten Stock, bei WindBEWEGUNG! Hohes Gras
kommt SOMMER zugute. Sein Experiment
wird abgebrochen.
Immerhin bekommt WINTER Geld nach drei Wochen
und Tipps fürs »BEWEGUNGsapparat aufbauen«
mit speziellen BEWEGUNGsübungen für Frauen!

Haushaltshilfe WINTER und Doktor SOMMER ohne BISS

Doktor SOMMERs Haushaltshilfe WINTER verarztet
einen HundeBISS
vom BISSigen Hundebesitzer mit GeBISS, der gewiss
Mitschuld an seiner BISSwunde trug,
weil er den Hund schlug.
Der Hundebesitzer starrt verBISSen
auf WINTERs Kropf.
»Sie werden angeBISSen, da steckt ein Zeckenkopf!«,
meint er mit GeBISSklappern, ein BISSchen verwaschen
sprechend. Tatsächlich – ein ZeckenBISS! WINTER
entgleiten Desinfektionsmittelflaschen.
Sie kratzt verBISSen die BISSstelle blutig,
ist ein BISSchen BISSig und unmutig
beim nächsten Patienten und pappt
falsche Namensetiketten
auf Stuhlproben. SOMMER verordnet WINTER
starke Schmerztabletten!

Haushaltshilfe WINTER und Doktor SOMMER ohne BRILLE

Doktor SOMMERs Haushaltshilfe WINTER
begutachtet die ToilettenBRILLE
verstohlen nach dem BRILLEnfachmann, der das stille
Örtchen mitsamt LeseBRILLE mit eckigen
BRILLEngläsern oftmals aufsuchte. Überm dreckigen
ToilettenBRILLEnbezug verliert WINTER ihre
ComputerBRILLE inklusive BRILLEnkette
und defektem BRILLEnbügel spurlos in der Toilette!
WINTER bittet SOMMER um Rat,
der behandschuht energisch zur Tat
schreitet und nach der verschollenen BRILLE tastet.
SOMMER bleibt erfolglos. Die erste Patientin hastet
ins BRILLEngeschäft gegenüber, weil sie »mal muss«!
Als SOMMER genervt spült, ist der Abfluss
verstopft. Die vom BRILLEnladen
zeigen sich kooperativ.
Bei SOMMER geht ja öfter was schief.

Haushaltshilfe WINTER und Doktor SOMMER ohne EIS

Doktor SOMMERs Haushaltshilfe WINTER
erbt eine EISdiele
ohne EISmaschinen, EIStheke und EISverkäufer.
Lediglich viele
EISverpackungen, EISbecher und Stühle stehen
vor EISgrauen
Wänden. PolarEISforscher mieten die EISdiele
zum Anschauen
ihres Filmes übers »Ewige EIS«. Bei EISregen
und EISeskälte erstarren Passanten zu
EISsäulen, bewegen
sich schutzsuchend zur EISdiele, auch wegen GlattEIS.
Mit verEISten, EISkalten Fingerkuppen betritt
ein TattergrEIS,
gefolgt von »EISsäulen«, die EISdiele.
Schwimmende EISflächen
und EISbären auf dünner werdenden
EISschichten sprechen
für sich! Die EISforscher erklären EISkalt BewEISe
und Zusammenhänge. Neuerdings verlangen die
EISforscher EintrittsprEISe,
und WINTER findet's ganz famos.
Sie hat die EISdiele los!

Haushaltshilfe WINTER und Doktor SOMMER ohne ENGEL

WINTER lehnt an der TreppENGELändersäule am
FlughafENGELände.
SOMMER hält seine HerrENGELdbörse und
WINTERs Hände
neben dem soeben kennENGELernten,
sitzENGELassenen, quENGELnden
ENGELbert ENGELhorn
vom ENGELshop, der ENGELgeschenke verkauft.
Von vorn
rissen beim GlockENGELäut LausebENGEL
mit dahliENGELben Haaren
ENGELwurzbalsam, ENGELchenlikör, ENGELskerzen
mit ENGELslichtern mitsamt ENGELspaaren
und WINTERs SchutzENGELkette mit den goldenen
ENGELsflammen
an sich, bevor sie übers AußENGELände zusammen
flüchteten! ENGELhorn und WINTER trauern unter
ENGELfiguren.
SOMMER besichtigt später ENGELlampen,
ENGELsflügel und ENGELskulpturen
im Internet. Und sieht da WINTERs
SchutzENGELkette,
zum Verkauf stehend! Die Verkäuferin heißt Annette.

Haushaltshilfe WINTER und Doktor SOMMER ohne FALTEN

Doktor SOMMER spendiert Haushaltshilfe WINTER
FALTENunterspritzungen!
SOMMER bekommt ZornesFALTEN
vor WINTERs Sitzungen,
als er FALTENlose Rechnungsunterlagen erhält.
Etliche FALTENfreie,
weil bereits FALTENbehandelte Patienten,
lassen WINTER Begeisterungsschreie
ausstoßen! WINTER denkt an LachFALTEN und tiefe
NasenFALTEN, MundFALTEN und AugenFALTEN
und vergisst Briefe
mit mehrfach zusammengefalteten Rechnungen
aufzugeben.
Auf geht's ins FALTENfreie Leben
ohne AntiFALTENcremes, AntiFALTENpflaster und
AntiFALTENserum. »Garantiert FALTENbefreit«!,
wird in Hochglanzbroschüren versprochen.
WINTER ist bereit!
Vor der Sitzung stolpert WINTER über
TeppichFALTEN.
Statt GesichtsFALTEN sind's Platzwunden,
die WINTER verunstalten.

Haushaltshilfe WINTER und Doktor SOMMER ohne FLEISCH

Doktor SOMMERs Haushaltshilfe WINTER
isst neuerdings FLEISCHersatz.
Sogar SOMMERs geliebte FLEISCHwurst
hat ihren Platz
im Kühlschrank verlassen. WINTER verfasst
»FLEISCHlos«-Lektüren.
Ohne BratenFLEISCH, HackFLEISCHbällchen,
FLEISCHaufläufen und FLEISCHsoßen führen
SOMMER und WINTER ein viel
besseres Leben, »FLEISCHlos« als Ziel,
meint WINTER, ist erstrebenswert!
FLEISCHer FLEISCHhauer überlässt
SOMMER heimlich FLEISCHreste und
Gutscheine fürs FLEISCHfest,
das FLEISCHhauer in seinem Gasthof »FLEISCHerei«
durchführt.
SOMMER wird, vorm FLEISCHfondue thronend,
zuverlässig aufgespürt
von Zeitungsreportern und Mitarbeitern von
FLEISCHverarbeitenden Betrieben.
Werden WINTER und Patienten SOMMER
weiterhin lieben?

Haushaltshilfe WINTER und Doktor SOMMER ohne GEIST

Haushaltshilfe WINTER und Doktor SOMMER
verfolgen entGEISTert,
wie der GEISTlose HiernGEIST seine Karriere meistert,
als Lokalpolitiker! Der ehemals GEISTtötende
GEISTerbahnbetreiber gewann
sogar durchGEISTigte GEISTliche als Unterstützer
und begann
seinen Siegeszug. Vater HiernGEIST macht, wie's heißt,
ein Vermögen mit Pralinen, gefüllt mit HimbeerGEIST!
Der junge HiernGEIST, ein Adelsspross,
besitzt nicht nur ein GEISTerschloss!
Man munkelt, bevor die GEISTlosen
HiernGEISTs sterben,
werden sie mit BeGEISTerung alles käuflich erwerben,
nach dem ihnen der Sinn steht!
Wobei sich's gerade um GEISTlose Politik dreht.

Haushaltshilfe WINTER und Doktor SOMMER ohne GEIZ

Doktor SOMMERs Haushaltshilfe WINTER
versorgt den GEIZkragen,
den seine ehrGEIZigen Laufziele und
Achillessehnenschmerzen plagen,
mit Mustern von Schmerztabletten. »GEIZ ist geil«
steht am Pullover vom GEIZkragen, zum Teil
unleserlich. SOMMER schenkt dem EhrGEIZigen
alte SOMMERlaufschuhe
und unverkäufliche Tablettenmuster gegen Schmerzen
und Unruhe
vom Pharmaunternehmen GEIZer. Der GEIZkragen,
GEIZsüchtig, schmerzfrei
und Bestzeiten laufend, wird von SOMMER dabei
unterstützt! Auf Titelseiten von
diversen Laufmagazinen prangen
Bilder von ehrGEIZigen Läufern mit hochroten Wangen
– SOMMER, WINTER und der EhrGEIZige
im Vordergrund!
SOMMER und WINTER grübeln, was letzteren gesund
hält. Die Placebos von GEIZer sind wirkstofflos.
WINTER, SOMMER und GEIZer
publizieren's nicht groß.

Haushaltshilfe WINTER und Doktor SOMMER ohne HUND

Doktor SOMMERs Haushaltshilfe WINTER führt den
NachbarsHUNDerüden,
einen SchoßHUND, zum neuen HUNDefriseur im Süden
der Stadt. Der MischlingsHUND benagt die
HUNDeleine!
Beim HUNDeplatz hinter PolizeiHUNDen bemerkt
WINTER kleine
Rucke am HUNDegeschirr. Der HUND befand
sich vorm Kanalloch, das seltsamerweise offenstand!
WINTER hört HUNDegeknurre, Wassergegurgle,
HUNDegebell,
HUNDegewinsel und HUNDeheulen, das schnell
verebbt. Ein PolizeiHUNDeführer schaltet sofort,
beendet mitsamt SchäferHUNDen den HUNDesport
am HUNDeplatz und klettert in den Kanal.
HUNDetrainer und andere HUNDebesitzer helfen!
WINTER, total
zitternd, nimmt den SchoßHUND in der ScHUNDgasse
in Empfang. Ein HUNDetrainer aus der Menschenmasse
kennt das Kanalsystem und hörte HUNDegejaule dort.
Der HUNDetrainer überreicht WINTER eine
Kostenrechnung. Sofort.

Haushaltshilfe WINTER und Doktor SOMMER ohne KOPF

Doktor SOMMERs Haushaltshilfe WINTER rennt
KOPFlos umher.
SOMMER hat den verKOPFten WirrKOPF
KOPFmiller, schwer
krank mit DauerKOPFschmerz und KOPFverband,
nach KOPFoperationen mit wenig Restverstand,
eingeladen auf ein gemeinsames
»WINTERabend-Fischfondue«.
WINTER fischt – hoffentlich alle – Zutaten fürs Menü
aus Supermarktregalen und erblickt einen FischKOPF
in der Gefriertruhe neben dem Zopf,
der vom HinterKOPF eines Studenten ins Kühlregal
baumelt. WINTER verwünscht die eigene
KOPFlosigkeit einmal
mehr auf dem Heimweg durchs Waldstück.
Ein Exhibitionist naht zu allem Unglück.
Ohne KOPFbedeckung, mit geöffnetem Hosenschlitz!
Fürs Abendessen,
denkt WINTER, hab ich die Shrimps vergessen!

Haushaltshilfe WINTER und Doktor SOMMER ohne KÜCHE

Doktor SOMMERs Haushaltshilfe WINTER gewinnt
eine KÜCHEnzeile!
KÜCHEnmonteure des unbekannten KÜCHEnherstellers
stoßen die Bauteile
vor die KÜCHEnwand, schließen KÜCHEnherd
und KÜCHEnspüle unterm KÜCHEnkasten verkehrt
an und lassen neben WINTERs KÜCHEnausstattung
KÜCHEnleuchten
lieblos im Lastkraftwagen auf KÜCHEnschaben und
feuchten
KÜCHEnkehricht fallen.
»Die KÜCHEnprofis – schlampig,
im KÜCHEnaustausch schnell und pampig«,
knurrt SOMMER, und weil der KÜCHEnofen streikt,
zerrt er WINTER vom KÜCHEnstuhl und zeigt
ihr ein Lokal mit bester
HausmannsKÜCHE. Der KÜCHEnchef, mit fester
Stimme ausgestattet, erzählt SOMMER
von entsorgten KÜCHEn,
die neuerdings am Waldrand lagern!
Von KÜCHEngerüchen
umweht, besichtigen SOMMER und WINTER die Stelle.
Da lagern WINTERs KÜCHENnherd, KÜCHEnkästen
und KÜCHEnabfälle.

Haushaltshilfe WINTER und Doktor SOMMER ohne LICHT

Haushaltshilfe WINTER und Doktor SOMMER
walken schLICHT
pfLICHTgemäß ohne TagesLICHT im LICHTkegel
vom StirnlampenLICHT.
SOMMER referiert über die LICHTbrechung
in LICHTstrahlen.
WINTER spricht zeitgleich über WahlpfLICHT
bei Wahlen.
SOMMER rezitiert ein schLICHTes Gedicht über
LICHTermeere
falsch! WINTER glaubt, im MondLICHT eine
Walderdbeere
zu erkennen, fast romantisch beLICHTet!
WINTER stolpert
vor WaldLICHTungen. Bei schwächer werdendem
LICHTschein holpert
SOMMER ungeschickt zu WINTERs Stirnlampe,
die zersprang!
Sein BatterieLICHT erlischt ebenfalls,
während er minutenlang
sucht. WINTER ist verstummt.
Das MondLICHT verschwindet
wegen Bewölkung.
Ob WINTER die Walderdbeere findet?

Haushaltshilfe WINTER und Doktor SOMMER ohne LUST

Haushaltshilfe WINTER und Doktor SOMMER
beklagen StimmverLUST,
ArbeitsunLUST und die RaufLUST
eines LUSTmolchs just
in dem Augenblick, als LUSTigerweise
der Pharmavertreter PLUSTerer höhere Preise
für seine LUSTsteigernden Präparate verlangt.
SOMMER, von PLUSTerer beLUSTigt, dankt
wegen dem StimmverLUST und allgemeiner
LUSTlosigkeit gestenreich.
PLUSTerers Gratisarzneien verkauft SOMMER dem
LUSTmolch gleich
LUSTvoll zu Höchstpreisen, die der LUSTlos bezahlt.
SOMMERs und WINTERs StimmverLUST
verschwindet. WINTER strahlt.
SOMMERs unvermutete LUST
am Sexvergnügen ist enorm!
PLUSTerers LUSTsteigernde Präparate
bringen SOMMER in Form.

Haushaltshilfe WINTER und Doktor SOMMER ohne MUT

Doktor SOMMERs Haushaltshilfe WINTER
schimpft die putzigen
Töchter von Patientin MUTzenbecher
wegen der schMUTzigen
Schuhsohlen und den schMUTzstarrenden Teddybären.
SOMMER und MUTter MUTzenbecher klären
Termine. Die missMUTigen Mädels schlüpfen
in den Hausgang und umhüpfen
SchMUTzwasser von Fensterputzern,
bevor sie MUTproben wagen
und auf verschMUTzten Fenstersimsen
an Außenfassaden herumjagen,
todesMUTig hoch oben! Passanten werfen Mäntel unten,
noch unverschMUTzt, auf StraßenschMUTz.
Ob die bunten
Kleiderhügel ausreichen,
falls die MUTproben schiefgehen?
SOMMER hindert MUTter MUTzenbecher
am Durchdrehen.

Haushaltshilfe WINTER und Doktor SOMMER ohne OBST

Haushaltshilfe WINTER und Doktor SOMMER
verschenken OBSTsäfte
und OBSTler vom Nachbarbauern SOMMERach!
Auf Geschäfte
mit OBSThändler PrOBST, der SOMMERachs OBST
normalerweise
weiterverkauft, verzichtet SOMMERach, der WINTER
stattdessen leise
den Grund erzählt. Die OBSTbauern
aus OBSTanbaugebieten,
die SOMMERach auch regelmäßig die
OBSTpressen vermieten,
testeten neue Herbizide heuer gern
auf OBSTplantagen, weil ein Chemiekonzern
die für gewisse OBSTsorten kostenlos
ausgab. Etliche OBSTerzeuger, die groß
damit hantierten, landeten in Notaufnahmen!
SOMMERachs OBSTbäume
im OBSTgarten bescheren ihm
seitdem ständig Albträume.
SOMMERachs OBST bekam kleine Mengen
eines Herbizids, was er verdrängen
will. Nach der Nachrichtenmeldung
»Vergiftungserscheinungen durch OBSTbrand?«
vernichtet SOMMERach OBSTwasser,
weiß wie eine Wand.

Haushaltshilfe WINTER und Doktor SOMMER ohne PERLE

Doktor SOMMER kennt den PERLEngroßhändler
mitsamt ZipPERLEin
und eigener PERLEninsel mit PERLEnfarm
nur allgemein.
Ob SOMMER bei seiner PERLEnhochzeit einige Worte
sagen könne und Haushaltshilfe WINTER die Torte
anschneiden wolle, in die der PERLEngroßhändler
PERLEnketten,
ZuchtPERLEn, GoldPERLEn, PERLEnanhänger und
PERLEnunikate vom netten
Konditormeister einarbeiten ließ?
SOMMER und WINTER machen
mit! Der PERLEngroßhändler lässt die Torte bewachen,
weil GoldPERLEn und PERLEnunikate wertvoll
sind. Das erste Tortenstück soll
WINTER selbst vernaschen. Während Presseleute
Bilder schießen, machen PERLEntaucher Beute,
indem sie den Tortenboden und Tortenschichten klauen.
Während »Bewacher« mit WINTER
in Kameras schauen!

Haushaltshilfe WINTER und Doktor SOMMER ohne PLASTIK

Haushaltshilfe WINTER und Doktor SOMMER
betreiben PLASTIKfasten!
WINTER legt PLASTIKfische zwischen PLASTIKteile
im PLASTIKkasten
aus. PLASTIKsammler dürfen Vorträge vor
Interessenten halten.
WINTER lässt PLASTIKfreie Einkaufsbeutel
und Einkaufsbehältnisse gestalten.
»Jetzt geht's dem PLASTIKmüll an den Kragen!
PLASTIKfrei. Nicht verzagen, Doktor SOMMER fragen,
weitersagen!«,
ließ WINTER neben gezeichneten PLASTIKsäcken
draufdrucken. SOMMERs Einmal-PLASTIKspritzen
stecken
in PLASTIKfolien. WINTER und Nachbarbauer
SOMMERach zanken,
weil PLASTIKfetzen von PLASTIKtüten
aus Kompostbergen herausranken,
die SOMMERach, auf PLASTIKstücken von
PLASTIKlöffeln vergnügt
herumtrampelnd, noch mit PLASTIKbecherresten am
SOMMERabend unterpflügt!
PLASTIKsammler, PLASTIKmüll aufsammelnd und
WINTER anfeuernd, gaffen.
Können Politiker, die PLASTIKstrohhalme verbieten,
PLASTIKprobleme wegschaffen?

Haushaltshilfe WINTER und Doktor SOMMER ohne RAD

BergRADrennen auf gesperrten RADstrecken,
organisiert von RADvereinen!
Auch Haushaltshilfe WINTER
und Doktor SOMMER meinen,
im RADurlaub im RADhotel, fit am RAD
zu sein. Ein RADmechaniker verkauft
SOMMER »privat«
günstig ein LeichtbauRAD
aus RADbeständen zum Testen,
mottenzerfressene RADtrikots, RADcomputer
ohne Batterien und RADwesten.
WINTER findet ihr DamenRAD geRADe
schwer. So ist's nicht schade,
dass KraftRADlenker vorm RADwettkampf Reißnägel
und Scherben
am RADweg auslegten. Zwei platte RADreifen verderben
WINTERs Chancen. SOMMERs FahrRADlenker ist
durchlöchert, ultraleicht
und locker, sodass ein RADkonkurrent reicht,
um ihn vom RADweg abzudrängen.
Die RADlenkerstange
bricht! SOMMER und LeichtbauRAD liegen nicht lange,
weil Bergrettungsfahrzeuge von oben kommen.
Hier endet das BergRADrennen, genau genommen.
Im nächsten Jahr wollen RADvereinsvorstände
RADhotels ausschließen.
Sollen ungeübte RADurlauber RADguides
die RADtage vermiesen!

Haushaltshilfe WINTER und Doktor SOMMER ohne RUHE

Haushaltshilfe WINTER und Doktor SOMMER
inspizieren WildRUHEzonen.
WINTER überlegt laut: »Welche RUHEbedürftigen
Tiere wohnen
hier?«, schnauft mit SeelenRUHE und will ausRUHEn,
als SOMMER in UnRUHE gerät. Zwei GefriertRUHEn,
uralt und verrostet, fanden da ihre letzte
RUHEstätte! SOMMER fotografiert RUHElos
TRUHEnteile und zerfetzte
Plastikplanen, als hinterm RUHEzonen-Schild
Jäger auftauchen und SOMMER wild
beschimpfen! »Auf frischer Tat ertappt!«,
ruft einer, und WINTER schnappt
nach Luft. In der RUHEzone wird's laut.
Wobei ein RUHEnder RUHEständler
mit RUHEmatte zuschaut.

Haushaltshilfe WINTER und Doktor SOMMER ohne SCHALE

Geschäftsmänner, in SCHALE geworfen,
rutschen auf BananenSCHALEn
mitsamt HartSCHALEnkoffer
vor Haushaltshilfe WINTER am schmalen
Treppchen vorm Ferienflieger aus!
Die silberglänzende HartSCHALE
vom sich öffnenden HartSCHALEnkoffer
hat etliche Male
»Wir fertigen HartSCHALEn für SCHALEnsitze!«
draufgedruckt.
Doktor SOMMER, hinter WINTER gehend, zuckt
zusammen. Er lässt PlastikSCHALEn
mit SCHALEnfrüchten gefüllt,
fallen. Nicht nur Waidmesser für SCHALEntiere enthüllt
der HartSCHALEnkoffer –
innen liegen Leichenteile mit Schusswunden,
GehirnSCHALEn und SCHALEnhelme
zwischen ovalen und runden
GoldSCHALEn! Einem Geschäftsmann
bröseln EierSCHALEnreste aus Barthaaren
auf BananenSCHALEn.
Sekundenlang wirkt die Situation verfahren.

Haushaltshilfe WINTER und Doktor SOMMER ohne SCHLITTEN

Darf Doktor SOMMER
seine Haushaltshilfe WINTER bitten –
zur SCHLITTENfahrt mit RodelSCHLITTEN, Hunde-
SCHLITTEN oder PferdeSCHLITTEN?
Weil Nachbarbauer SOMMERach seine neuen
SCHLITTENhunde anbietet,
ist SOMMER der Erste, der die mietet
für die SCHLITTENhundefahrt. SOMMERachs
SCHLITTENgeschirr
für SCHLITTENhunde ist ein Gewirr
aus SCHLITTENleinen, SCHLITTENschnüren und
SCHLITTENseilen
und als SOMMER am steilen
SCHLITTENberg mit wackelnder SCHLITTENlehne
SCHLITTENunfälle
umkurvt, geraten an dieser Stelle
SCHLITTENschnüre unter SCHLITTENkufen, die sich
sofort durchtrennen.
Sodass 12 SCHLITTENhunde ohne HundeSCHLITTEN
davonrennen!
SOMMERach inseriert in Zeitungen:
»12 SCHLITTENhunde entlaufen!«
Demnächst will er PferdeSCHLITTEN
und SCHLITTENpferde kaufen.

Haushaltshilfe WINTER und Doktor SOMMER ohne SCHLÜSSEL

SOMMER, auf SCHLÜSSELblumen kniend,
betastet WINTERs SCHLÜSSELbeine
hinter einer SCHLÜSSELstelle auf der Biketour,
allgemeine
Verwünschungen murmelnd und InbusSCHLÜSSEL
suchend. WINTERs SCHLÜSSELanhänger
mit PraxisSCHLÜSSEL und AutoSCHLÜSSEL wird
vom Fahranfänger
überrollt, der verSCHLÜSSELte Nachrichten erhält
und ebenfalls vom Mountainbike fällt.
Vor SCHLÜSSELblumen neben der SCHLÜSSELstelle
verdeckt das Schild »Starkes Gefälle!«
WINTERs SCHLÜSSELanhänger, SCHLÜSSEL und
SCHLÜSSELmappe. SOMMER flucht,
als WINTER vorm Auto die AutoSCHLÜSSEL sucht.
Er fährt in der mondhellen SOMMERnacht allein
zur SCHLÜSSELstelle, stürzt und demoliert ein
SCHLÜSSELbein.

Haushaltshilfe WINTER und Doktor SOMMER ohne SCHUTZ

Haushaltshilfe WINTER und Doktor SOMMER
tragen ZahnSCHUTZ,
SCHUTZwesten und SCHUTZhelme,
als sie den Schmutz
hinter Nachbarbauer SOMMERachs SCHMUTZkoppel
auf Mountainbikes durchfahren.
Ein ArbeitsSCHUTZbeauftragter und SCHUTZmänner
ohne ZahnSCHUTZ waren
unabhängig voneinander in den SOMMERtagen
von Mountainbikes gestürzt und beklagen
Zahnverlust! Der ArbeitsSCHUTZbeauftragte empfiehlt
ZahnSCHUTZ auf freiwilliger
Basis. WINTER umkurvt SCHUTZlose Entenküken.
Ihr billiger
SCHUTZhelm rutscht.
Sie schlenkert in SOMMERachs Teich,
der furchtbar chemisch stinkt!
SOMMERach gesteht sogleich,
dass Spritzmittel vom SOMMERweizen reinlief.
Er kam beim Wenden schief
und versenkte die Spritzpumpe am Teichgrund.
WINTER zerbeißt ihren ZahnSCHUTZ im Mund!

Haushaltshilfe WINTER und Doktor SOMMER ohne SORGE

Doktor SOMMERs Nachbarbauer SOMMERach denkt
beim EntSORGEn
von Jungferkeln SORGEnvoll an GeldSORGEn.
Am Samstagmorgen
beSORGEn sich SOMMER und WINTER
Waldheidelbeeren, SORGEnfrei.
SOMMERach verbuddelt hinter der
SelbstverSORGErhütte SORGEnschwer drei
tote Jungferkel! Vom StromverSORGEr
und vom SeelSORGEverband
nähern sich Autos, SOMMER hebt die Hand
zum Gruß. Der NotfallseelSORGEr
schlenkert um SOMMERach,
der, von SOMMER irritiert, mit viel Krach
auf Jungferkeln unter VorSORGEbroschüren
in seiner ausgehobenen
Grube landet. Die SeelSORGEhelferin,
die den verschrobenen
NotfallseelSORGEr begleitet,
spricht wirr von seelSORGErschen Pflichten
und meint: »Der Herrgott wird's schon richten!«

Haushaltshilfe WINTER und Doktor SOMMER ohne STUHL

Doktor SOMMER möchte alles neu beSTUHLen!
Im Wartebereich hat jeder STUHL Kuhlen.
STUHLbeine und STUHLlehnen
wackeln, und STUHLkissen
sind speckig, ausgefranst, zerlöchert und zerschlissen.
Professor STUHler kann jeden STUHL
für Hörsäle gebrauchen, fürs Modul
8 der Hochschule. STUHlers
STUHLabholung funktioniert,
der Lastkraftwagen der STUHLmanufaktur aber verliert
SOMMERs STUHLbestellung
bei einer Massenkarambolage!
Haushaltshilfe WINTER gerät in Rage
wegen fehlender BeSTUHLung!
SOMMER verwechselt zerstreut STUHLproben,
während Patientenkinder über STUHLkissen
am Boden toben.

Haushaltshilfe WINTER und Doktor SOMMER ohne TAKT

Haushaltshilfe WINTER und Doktor SOMMER
dürfen TAKT
mittels TAKTstöcken geben, wie Loriot!
»Möglichst beknackt,
TAKTvoll oder TAKTlos, Hauptsache
ohne TAKTstörung«, heißt's.
SOMMER probt die HinhalteTAKTik,
WINTER aber schmeißt's,
weil sie den DreiTAKT vom Pferd, galoppierend,
nachahmt – gleichzeitig die TAKTfrequenz eines
Flügelschlags inszenierend!
SOMMER gerät außer TAKT, und die TAKTstockspitze
bricht ab, worüber Orchestermitglieder
zwar TAKTlos Witze
machen, aber dennoch zu SOMMERs HinhalteTAKTik
musizieren.
WINTER will DreiTAKT und TAKTfrequenz
noch trainieren,
TAKTisch klug vorerst aber im Liegen.
Wodurch Orchestermitglieder und
SOMMER Lachanfälle kriegen!

Haushaltshilfe WINTER und Doktor SOMMER ohne TIER

Während Doktor SOMMER die StinkTIERe
TIERisch erfreuen,
darf Haushaltshilfe WINTER ReitTIERe
und StreichelTIERe mitbetreuen,
präsenTIERen und beim großen TIERspaziergang
an Führzügeln halten! SOMMERs Drang,
im TIERgarten WINTERs StreichelTIERe
sacht zu zwicken,
nimmt überhand. Zwei HufTIERe in die dicken
Bäuche zwickend, bringt SOMMER
Ziegen zum LamenTIERen!
WINTER liegt auf allen vieren. TIERfreunde sTIERen,
wie WINTER, auf Führstricke, fassungslos.
StreichelTIERe jagen
durchs Tor des TIERgartens, wo TIERfutter-Lastwagen
gerade hereinrollen, über die TIERgartenstraße Richtung
TIERkörperverwertungsanlage.
Solcherlei TIERvorstellungen sieht man nicht alle Tage!

Haushaltshilfe WINTER und Doktor SOMMER ohne TISCH

Der TISCHlermeister auf Doktor SOMMERs neuem
MassageTISCH,
vom TISCHlern und kalorienreichen
NachTISCH erzählend, frisch
am Knie operiert und fakTISCH
und unprakTISCHerweise
etwas angetrunken,
rollt vor Haushaltshilfe WINTER leise
über die TISCHkante von der geneigten TISCHplatte
und landet am Knie auf der Gummimatte,
die farblich zum MassageTISCH passt!
TakTISCH klug und ohne Hast
verpasst SOMMER dem TISCHlermeister
Beruhigungsspritzen.
TISCHbeine zerbricht er im Sitzen
danach; die hat WINTER zuvor leicht angesägt.
SOMMER schwört, dass der MassageTISCHhersteller
Schuld trägt.
Der TISCHlermeister schwört, dass WINTER ihn stieß.
WINTER, SOMMER und TISCHlermeister
fühlen sich mies,
als der erste von acht Gutachtern hereinschneit.
Der TISCHlermeister unterm MassageTISCH pocht auf
Berufsunfähigkeit!

Haushaltshilfe WINTER und Doktor SOMMER ohne TRAUM

Doktor SOMMERs Haushaltshilfe WINTER
analysiert ihren TRAUMinhalt
vom AlbTRAUM mit TRAUMaexpertinnen,
in dem Gewalt
und TRAUMatische Ereignisse ständig wiederkehren!
Würde WINTER sich einverstanden erklären,
ein TRAUMhaftes, von TRAUMforschern entwickeltes
Medikament, testweise
einzunehmen, dass sie gewiss auf eine TRAUMreise
in Richtung TRAUMhafte TRAUMverwirklichung vom
LebensTRAUM bringt?
WINTER ist skeptisch. Erst mit Geldprämien gelingt
es TRAUMaexpertinnen, sie zu ködern.
Nach TRAUMlosen
Nächten, einem kuriosen ZukunftsTRAUM
und einer großen
Angst vor Nebenwirkungen ist's wirklich so weit.
WINTER schläft TRAUMhaft fast die ganze Tageszeit
über vorm erstaunten SOMMER. WINTER erwacht
nur zum Essen. Auch um Mitternacht!

Haushaltshilfe WINTER und Doktor SOMMER ohne TRIKOT

Und Haushaltshilfe WINTER und Doktor SOMMER
ersteigern
FußballTRIKOTs mit ausgeleierten TRIKOTbünden
und TRIKOTärmeln, verweigern
einem Fußballfan im übergroßen FanTRIKOT
das Betatschen
der KurzarmTRIKOTs mit TRIKOTwerbung
und quatschen,
als sie das Auktionshaus mitsamt TRIKOTs verlassen.
Gleich zwei in FanTRIKOTs, TRIKOTgröße XXXL,
verpassen
SOMMER und WINTER saftige Hiebe
mit Baseballschlägern. SOMMER ruft: »Diebe!«
jetzt ohne TRIKOTs und recht laut.
WINTER schluckt. OriginalTRIKOTs
mit Originalunterschriften – einfach geklaut!
Passanten machen einen Bogen
um WINTERs Blutpfütze.
SOMMER langt ja wohl als WINTERs Stütze.

Haushaltshilfe WINTER und Doktor SOMMER ohne WISSEN

WirtschaftsWISSENschaftler testen Doktor SOMMER
mit wohlWISSENden Blicken.
Würde SOMMER WISSENswertes
über Ausdauersport den dicken
Patienten empfehlen, obwohl selbst entschieden zu dick?
Bevor sie aus SOMMERs WISSENslücken
einen Fallstrick
drehen, übernimmt Haushaltshilfe WINTER das Sagen,
beantwortet für SOMMER in WISSENstests Fragen,
glänzt mit HalbWISSEN zu Medikamenten
und WISSENswertes,
in WISSENschaftlichen Studien Erforschtes
und nichts Verkehrtes
erfährt sie telefonisch vom fachlich
qualifizierten Apothekenpersonal!
SOMMER wird sachlich
als er nicht WISSENd fragt, in wessen
Auftrag die WirtschaftsWISSENschaftler kommen
und welche Interessen
sie dienstlich und privat vertreten?
Jedenfalls kommen die WirtschaftsWISSENschaftler
ungebeten.

Haushaltshilfe WINTER und Doktor SOMMER ohne WURZEL

Doktor SOMMERs Haushaltshilfe WINTER
denkt an WURZELn
einer entWURZELten Fichte mit WURZELkrankheit.
Tränen purzeln
auf ihr SOMMERkleid mit den SOMMERmotiven.
Zahnarzt SOMMERbacher murmelt von einer tiefen
Aufteilung in drei WURZELkanäle! WINTER hasst
WURZELspitzenresektionen
und WURZELgemüse. Um WINTERs
Nerven zu schonen,
empfahl SOMMERbacher für die
WURZELkanalbehandlung eine Vollnarkose.
»WURZELatmung bei flachWURZELnden Bäumen«
lautet die große
Überschrift des Artikels in WINTERs Schoß.
Die Belastung der Vollnarkose ist groß.
SOMMERbachers Anästhesist ruft einen Rettungswagen!
SOMMER hört Rettungswagen, die vorbeijagen.

Haushaltshilfe WINTER und Doktor SOMMER ohne ZÄHNE

Zahnarzt ZÄHNEr plombiert WINTERs
BackenZÄHNE neben WeisheitsZÄHNEn,
ZÄHNEbleckend neben kunstvoll nachmodellierten
WalrossZÄHNEn, als Wasserfontänen
aus der mit VampirZÄHNEn verzierten
Zimmerdecke schießen
und über WINTERs ZÄHNE und ZÄHNEr fließen!
ZÄHNEr, nun ZÄHNEfletschend, stößt
zahnmedizinische Instrumente quer
durch WINTERs Mund. SchneideZÄHNE
und EckZÄHNE, sehr
schiefe und ausgebesserte WackelZÄHNE
seit längerer Zeit,
liegen unter WalrossZÄHNEn, von ZÄHNErs
Instrumenten befreit
aus WINTERs Oberkiefer.
ZÄHNE im Deckengemälde scheinen
sich aufzulösen. ZÄHNEr beginnt spontan zu weinen!
SOMMER empfiehlt WINTER am Handy zu klagen.
WINTER verschluckt Zahnplomben. ZÄHNEr sucht
ZÄHNEknirschend Versicherungsunterlagen.

Haushaltshilfe WINTER und Doktor SOMMER ohne ZUCKER

Und Doktor SOMMERs Haushaltshilfe WINTER
spielt ZUCKERfee.
Erschreckend viele Patienten haben
ZUCKER! ZUCKERgesüßter Tee,
ZUCKERbonbons, geZUCKERte Fertigprodukte und
ZUCKER in Wurst.
WINTER startet die Aktion
»ungeZUCKERt gegen Durst«
und wandert am PuderZUCKER mit ZUCKERkranken
im Supermarkt an anderen, nicht vollschlanken
Kunden vorüber. Die ZUCKERkranken
sind höchst empört.
ZUCKERaustauschstoffe, ZUCKERcouleur, zugesetzter
IndustrieZUCKER, FruchtZUCKER; eigentlich stört
alles davon den menschlichen ZUCKERhaushalt?
Die ZUCKERfee empfiehlt »Mineralwasser, kalt«
und trabt mit ZUCKERpatienten vor ZUCKERkringel,
ZUCKERglasiert.
»Mit 50 Kniebeugen ist ein
ZUCKERkringel wegtrainiert!«,
ruft WINTER. Eine überlustige
Kniebeugen-Aktion startet.
Und der ZUCKERglasierte ZUCKERkringel,
die Belohnung, wartet.

Haushaltshilfe WINTER und Doktor SOMMER SCHREIBEN

Doktor SOMMERs Haushaltshilfe WINTER öffnet
merkwürdige AnSCHREIBEN.
SOMMER soll weniger KrankSCHREIBEN,
das VerSCHREIBEN übertreiben
und PatientenanSCHREIBEN für
Vorsorgeuntersuchungen versenden –
Textblöcke vom MusterSCHREIBEN bitte verwenden!
Der Briefkopf der Regierung prangt
am ausführlichen SCHREIBEN. WINTER langt
zum Telefon. Das VerSCHREIBEN bestimmter
Medikamente erscheint
ihr seltsam. Was hat der SCHREIBENde gemeint?
WINTER, die Telefonnummer abSCHREIBENd,
hört SOMMER sprechen.
Soll sie ihn wegen der AnSCHREIBEN unterbrechen?
WINTER überlegt, als SOMMER sie sanft aufweckt
und wegen des Redens im Schlaf neckt!

Haushaltshilfe WINTER und Doktor SOMMER sind BESSER

Doktor SOMMERs Haushaltshilfe WINTER
findet BESSERwisser blöde.
SOMMER verBESSERt Rechtschreibfehler,
findet das SOMMERloch öde
und bestellt mangels BESSERwissenden
Patienten BESSERe Röntgengeräte.
WINTER lässt Wandschäden ausBESSERn.
Die verBESSERten Glühdrähte
in Industrielampen leuchten laut Installationsfirma
BESSERmann BESSER!
BESSERmann montiert diese. SOMMER bestellt
BESSERe Operationsmesser.
WeltverBESSERer und BESSERverdiener
im Wartezimmer
drehen am neuen verBESSERten Lichtdimmer
herum, und plötzlich sind alle Praxisräume dunkel!
BESSERmann hat BESSERe Rechtsanwälte.
SOMMERs Rechtsanwalt Kunkel
weiß es eigentlich BESSER, verteidigt aber dennoch.
SOMMERs Geld füllt Kunkels Kasse im SOMMERloch.

Haushaltshilfe WINTER und Doktor SOMMER sind EHRLICH

Doktor SOMMERs Haushaltshilfe WINTER
fühlt sich unentbEHRLICH!
In unEHRLICHe Gedanken versunken,
sortiert WINTER gefährlich
dicht hinter der Tür unentbEHRLICHe
Arzneimittel. Patientin SOMMERfels, die EHRLICHe
Liebesbriefe an SOMMER verfasst,
begEHRLICHe Blicke aussendet
und EHRLICHerweise tollen Lippenstift in
SOMMERfarbe verwendet,
spaziert herein, WINTER nicht sehend.
SOMMER gesellt
sich, BegEHRLICHkeit in SOMMERfels erweckend,
dazu, stellt
sich vor die Tür, und SOMMERfels presst
sich auf SOMMER, ohne SOMMERklamotten und fest!
WINTER schielt durchs Schlüsselloch auf SOMMERs
SOMMERsandalen.
Was geschieht, will sie sich nicht ausmalen.

Haushaltshilfe WINTER und Doktor SOMMER sind FADE

Doktor SOMMERs Vortrag über
FADEnwürmer ist FADE.
SOMMER verliert den FADEn,
weil irgendjemand »Schade«
und FADEnscheinige Gründe murmelt und den FADEn
Vortrag verlässt. Haushaltshilfe WINTER
will weiteren Schaden
abwenden! Sie bringt einen Großkochtopf
FADEnnudelsuppe, starrt hinter SOMMERs Kopf
auf einen FADEn FADEnwurm im Großformat
und schreitet, FADEnnudelsuppe austeilend, zur Tat
auf SOMMERs Bühne. Sie rezitiert Erhardts Gedicht
»Die Made«, wobei sie »FADE« jetzt nicht
richtig einbaut. Ein garantiert nicht FADEs
Unterhaltungsprogramm
entsteht! Sogar der FADE Zeitungsjournalist
schlägt Tamtam.

Haushaltshilfe WINTER und Doktor SOMMER sind FERN

Haushaltshilfe WINTER und
Doktor SOMMER haben FERNweh!
Im FERNlicht auf der FERNstraße funkelt Schnee.
WINTER studiert EntFERNungsangaben zum weiter
entFERNten Urlaubsdomizil.
SOMMER erblickt entFERNt zwischen
SeeuFERN eine viel
kürzere Route; ein RadFERNweg, tiefverschneit!
WINTER fischt
im Fußraum nach TupFERN und SOMMER zischt,
FERN von Gut und Böse,
neben SeeuFERN mit viel Getöse,
ein spektakuläres Schauspiel lieFERNd,
aufs zugefrorene Gewässer.
Rettungsteams und FERNsehteams wetteiFERN!
Wobei FERNsehleute besser
im Filmen sind. Den UnfallopFERN geht's gut.
Auf WINTERs hervorgefischten TupFERN
klebt altes Blut!

Haushaltshilfe WINTER und Doktor SOMMER sind FERN

Haushaltshilfe WINTER und Doktor SOMMER
eiFERN, FERN
vom Alltagstrubel, Freizeit opFERNd,
vorm FERNseher gern
mit FERNsehmoderator FERNando,
mit WINTER entFERNt verwandt,
mit! FERNsehköche, für FERNwärmeanbieter
werbend und unbekannt,
steigen vorm FERNsehpublikum in Kaltwasserbecken
fürs FERNsehspiel.
Wer am längsten untertaucht, darf ein FERNziel,
vom FERNsehsender ausgesucht,
auf einer FERNreise bereisen!
FERNsehtechnikerinnen überreichen FERNando von
FERNsehköchinnen gekochte Speisen;
ob er die entFERNt erkennt?
Das FERNsehpublikum fiebert. FERNando rennt
zum Kaltwasserbecken, wo ein FERNsehkoch
am Beckengrund
lag. Eine FERNsehtechnikerin beatmet ihn von Mund
zu Mund. FERNwärmeanbieter werben.
Das FERNsehspiel endet.
Es ist reine FERNsehshow, was FERNando sendet!

Haushaltshilfe WINTER und Doktor SOMMER sind KAPUTT

KAPUTT wirkende Typen sind am KAPUTTlachen,
als sie Doktor SOMMERs Geländewagen
KAPUTTmachen,
einfach so! Haushaltshilfe WINTER empfiehlt,
den Wagen
von SOMMER zur Gänze KAPUTTzuhauen
und KAPUTTzuschlagen,
während sie unKAPUTTbaren
Verpackungsmüll bestaunt
und telefonisch einem Polizeibeamten zuraunt,
doch bitte vorbeizuschauen.
Die KAPUTTen Typen verschwinden,
sich KAPUTTfreuend. Wegen dem
KAPUTTgegangenen Polizeifahrzeug finden
Polizeibeamte sich niemals ein.
Mit dem KAPUTTsparen,
KAPUTTsein, KAPUTTen Bildschirmen,
dem KAPUTTreden, dem KAPUTTfahren
und KAPUTTheit müssen sich auch Polizisten
auseinandersetzen!
SOMMER reißt die unKAPUTTbare
Verpackung in Fetzen.

Haushaltshilfe WINTER und Doktor SOMMER sind LUSTIG

»Zur VolksbeLUSTIGung – bei aller LUSTIGkeit!«
heißt LUSTIGerweise
das Theaterstück, bei dem Haushaltshilfe WINTER leise
und absichtlich sauLUSTIG, weil trinkLUSTIG,
Souffleuse spielt.
Doktor SOMMER verkörpert einen
unLUSTIGen Politiker, befiehlt
redeLUSTIG, eroberungsLUSTIG und angriffsLUSTIG
die widersinnigsten Sachen
und verbietet, zu jedermanns BeLUSTIGung,
das Lachen.
Im öffentlichen BeLUSTIGungsort, einem Park,
steigt die widerspruchsLUSTIGe Stimmung stark.
Wird WINTER, mordLUSTIG und kampfLUSTIG,
SOMMER ermorden,
der da schauLUSTIG und streitLUSTIG vom Norden
her erscheint? Mit viel Personenschutz!
WINTER haut auf den Putz,
traut sich LUSTIGerweise aber nicht,
SOMMER umzubringen.
Wird der lebensLUSTIGen WINTER
der Giftmord gelingen?

Haushaltshilfe WINTER und Doktor SOMMER sind NASS

Doktor SOMMERs Haushaltshilfe WINTER
konnte ungenutzte NASSzellen
mit NASSfutter, NASSschleifmaschinen,
NASSwischrobotern und NASSwischwagen vollstellen.
NASSfutter und NASSwischroboter auf Regalbrettern
erreicht WINTER nur durch hochklettern!
NASSgeschwitzte Fahrer aus pitschNASSen Lastern vom
NASSkiesabbau
machen wegen schlechter NASShaftung der Reifen Radau
vorm Haus. Lastwagen mit NASSmörtel stehen quer.
Zwei NASSgeschwitzte, triefNASSe Fahrer
fragen WINTER sehr
gehetzt, wo die Toilette wäre?
WINTER sucht gerade SOMMERs schwere
NASSschneidemaschine hinter NASStauchanzügen und
NASSwischwagen
im »Privatraum«. PudelNASSe Fahrer jagen
in eine NASSzelle, übereinanderpurzelnd wegen
NASSmüllsäcken.
Regalbretter brechen. Der Krach könnte
Tote auferwecken!

Haushaltshilfe WINTER und Doktor SOMMER sind PRIMA

Haushaltshilfe WINTER und Doktor SOMMER
finden PRIMAtenarten
spannend! Zwei PRIMAtenforscher aus dem
PRIMAtenzentrum starten
Vortragsreihen in SOMMERs PRIMA belüfteten
Räumlichkeiten. Eine PRIMAdonna mit zerklüfteten
Zahnoberflächen zeigt einer PRIMAtenforscherin
PRIMAtenlücken neben übergroßen
Schneidezähnen. Eine PRIMA PRIMAballerina wird
beim bloßen
Anblick eines PRIMAtenstuhls aus Plexiglas
ohnmächtig. WINTER raucht etwas Gras
im Abstellraum, während die PRIMAdonna
von PRIMAtologie
und PRIMAtenfamilien erstaunlich wenig kapiert
und irgendwie
ausflippt beim Thema
»PRIMAtenversuch mit FeuchnasenPRIMAten«,
wo Neurobiologen im PRIMAtenzentrum
PRIMAtengehirne verdrahten!
SOMMER verabreicht der PRIMAdonna
PRIMA Beruhigungsspritzen
und stützt die PRIMAballerina beim Sitzen.

Haushaltshilfe WINTER und Doktor SOMMER sind RASCH

WINTER und SOMMER spielen überRASCHend zur
ÜberRASCHungsfeier
für Nachbar MoRASCH ÜberRASCHungsgäste!
SOMMER bringt ÜberRASCHungseier
mit, die zur besonderen ÜberRASCHung aller ticken
und RASCHeln und überRASCHenderweise
RASCH den dicken
MoRASCH zwischen ÜberRASCHungspaketen,
ÜberRASCHungsboxen, ÜberRASCHungstüten,
letztere papieren,
ÜberRASCHungskuchen, ÜberRASCHungsgutscheinen
und ÜberRASCHungsdates auf allen vieren
zum Davonkrabbeln animieren!
MoRASCH alarmiert die Feuerwehr
neben SOMMER und macht die Wohnung leer,
indem er die ÜberRASCHungsparty beendet
und SMS' an Polizisten versendet.
WINTER hätte sich so gefreut aufs
ÜberRASCHungsmenü,
das MoRASCH vorbestellte.
Geliefert vom Spitzenhotel Bellevue.

Haushaltshilfe WINTER und Doktor SOMMER sind ROH

Doktor SOMMERs fROHe Haushaltshilfe
WINTER legt ROHen
Schweinebraten neben KleintierstROH
im Einkaufswagen, da dROHen
Tierschützer, neben StROHballen,
mit unfROH blickenden Schweinen
auf Pullovern! Ob WINTER sich im Allgemeinen
Gedanken über ROHstoffe und ROHwaren
macht? Und nach dieser klaren
Botschaft tauschen sie WINTERs
ROHen Schweinebraten
gegen ROHmilch aus dem neuen Milchautomaten
und ROHmilchkäse, gerade im Angebot!
SOMMER wird vorm Autohaus bedROHt;
von Umweltschützern!
ROHöl würde der Umwelt schaden.
SOMMER und WINTER radeln.
Mit protestierenden Waden.

Haushaltshilfe WINTER und Doktor SOMMER sind SAUBER

Doktor SOMMER befällt vorm Geländewagen
ein SAUBERkeitswahn.
»Unser SAUBERkeitsversprechen. SAUBER
wie ein weißer Schwan!«
steht an der Autowaschanlage.
Und: »SAUBER, SAUBERer.
Mit SAUBERem Strom SAUBER,
ihr SAUBERer SAUBERzauberer!«
SOMMER, im unSAUBERen WINTERmantel,
überprüft prompt,
ob er SAUBERer hinterm »SAUBERzauberer«
rauskommt.
Mittendrin zaubern SAUBEre Bürsten SAUBERe
Wasserschlieren,
als alle SAUBERen Gerätschaften das Rotieren
plötzlich unterlassen! Der SAUBERe Strom
ist ausgefallen.
Bürsten fallen um,
und unverständliche Durchsagen hallen
durch den »SAUBERzauberer«! SOMMER wartet
und öffnet Fenster. »SAUBERzauberer« startet
unvermittelt. SOMMERs unSAUBERer
WINTERmantel schwimmt im Geländewagen.
Zu Hause beanstandet Haushaltshilfe WINTER
den unSAUBERen WINTERmantelkragen.

Haushaltshilfe WINTER und Doktor SOMMER sind SAUER

Haushaltshilfe WINTER und Doktor SOMMER
bekommen SAUERkraut
zu SAUERbraten im Flugzeug serviert!
SOMMER schaut
SAUER auf die Menschenansammlungen
vor Toilettenkabinentüren.
Weil SAUERrahmdesserts und SAUERmilchkäse
fehlen, führen
sich Fluggäste hinter WINTER auf, und
SAUERbratenbrocken,
SAUERrahmbutter und SAUERbratensoße landen in
WINTERs Locken.
SOMMER, Brote mit SAUERrahmbutter verzehrend,
ordert SAUERrahmjoghurt und will belehrend
auf die Fluggäste hinten einreden.
An WINTER gehen hilfsbereite Schweden
vorbei, die ihre SAUERbratenbrocken aus Locken
herauspicken!
SOMMER springt auf und muss sich schicken,
um die Toilettenkabine vor WINTER zu stürmen.
Nicht nur Blähungen vom SAUERkraut wollen türmen.

Haushaltshilfe WINTER und Doktor SOMMER sind SCHNELL

Haushaltshilfe WINTER und Doktor SOMMER
sind SCHNELL.
Scheinwerferlicht vom SCHNELLimbiss,
den EisSCHNELLläufer betreiben, grell
strahlend und SCHNELL blinkend,
strahlt ins Wartezimmer,
das wegen SCHNELLfahrender SCHNELLbahnen im
Untergrund immer
stark vibriert. Nach seinem SCHNELLsten
Patientengespräch SCHNELLt SOMMER beim hellsten
Lichtblitz vom SCHNELLrestaurant hoch. Die nächste
SCHNELLbahn
anpeilend, läuft er SCHNELLer. Sein restaurierter Zahn
pocht! Kann Zahnarzt SCHNELLinger einen Termin
freimachen?
SCHNELLinger bringt SOMMER SCHNELLstens
SCHNELLzüngig zum Lachen
und empfiehlt die Zahnextraktion auf die SCHNELLe!
Für SCHNELL wirkende Schmerzmittel ist
SOMMERs Quelle
zuständig, von SOMMER und WINTER
gemeinsam betreut.
Was SOMMERs Pharmahändler im
SCHNELLzugwagen wiederum freut.

Haushaltshilfe WINTER und Doktor SOMMER sind STUR

Doktor SOMMERs STURer Nachbarbauer
SOMMERach lässt Peitschenhiebe
auf Kutschponys prasseln, was auf wenig Gegenliebe
stößt. Ein STURes Pony quiekt.
Auch beim anderen Pony überwiegt
STURheit. Beide Ponys gegen durch.
SOMMERachs AbSTURz
vom Kutschbock vor SOMMERs Praxis geschieht kurz
bevor Haushaltshilfe WINTER
den WINTERgarten verlässt.
SOMMER hält alles auf Fotos fest,
zufälligerweise! SOMMERachs STURer
Gesichtsausdruck beim Peitsche schwingen
ist Gold wert. SOMMER und WINTER bringen
die besten Bilder STURen Journalisten
vom Zeitungsverlag.
Die suchen »Stoff«, im SOMMERloch.
Am SOMMERferientag.

Haushaltshilfe WINTER und Doktor SOMMER sind VERRÜCKT

VERRÜCKT, VERRÜCKTer, am VERRÜCKTesten!
Ein FußballVERRÜCKTer probt
in vollendeter VERRÜCKTheit vor
Doktor SOMMER, tobt
wie ein VERRÜCKTes, kopfloses Huhn
neben der uhrenVERRÜCKTen Patientin Kuhn
VERRÜCKt umher und beißt
vor lauter VERRÜCKTsein
auf den von Haushaltshilfe WINTER bemalten Stein,
der einem Miniaturfußball ähnlichsieht.
Da Zähne nicht SOMMERs Fachgebiet
ausmachen, bringt er den FußballVERRÜCKTen
mitsamt Stein,
signiert von WINTER, Kuhn
und leichten SOMMERwein
zu Zahnarzt WINTERstoder. Die uhrenVERRÜCKTe
Kuhn zerbiss
ihre Uhr. Vor WINTERstoder hat sie Schiss.

Haushaltshilfe WINTER und Doktor SOMMER sind VERSICHERT

Was Doktor SOMMERs WINTERlich
gekleidete, neue Aushilfskraft
mit VERSICHERTenkarten und VERSICHERTendaten
im HochSOMMER schafft,
ist unglaublich! Haushaltshilfe WINTER
durfte verreisen.
Die unVERSICHERTE Aushilfskraft verlangt nach
VERSICHERTennachweisen,
lässt VERSICHERTennummern von sämtlichen
krankenVERSICHERTen Patienten verschwinden,
kann VERSICHERTe Briefe eines
VERSICHERTenältesten nicht finden
und zerschneidet vor VERSICHERTenvertretern und
VERSICHERTenberatern, offenbar
geistesgestört, VERSICHERTenbescheinigungen und
VERSICHERTendatenauszüge! Warum, ist unklar.
SOMMER schluckt. Die Computerkabel sind allesamt
zerschnitten.
Er muss Polizisten und seine VERSICHERTenberater
hereinbitten
und die Praxis ein paar SOMMERtage schließen.
Die reiseVERSICHERTe WINTER soll ihren
SOMMERurlaub genießen!

Haushaltshilfe WINTER und Doktor SOMMER sind VITAL

WINTER und SOMMER verkaufen VITALgetränke,
VITALstoffe, VITALbrot
und VITALgebäck, garantiert VITALisierend
und in rosarot
gefärbt! VITALtrainer, also Heimtrainer, stellt
ein VITALhotel gegen etwas Geld
mitsamt VITALjournalen zur Verfügung.
Vor VITALität strotzende
Rentner steigen darauf und
wegen VITALitätsverlust motzende
Patienten, ohne VITALgefühle, die auf VITALwerte,
VITALblutanalysen,
VITALparameter, VITALbrot, VITALdrinks und
VITALfeldmessungen warten, versüßen
sich die Wartezeit mit VITALgebäck. Die Lenkstange
vom VITALtrainer eines Rentners bricht, und lange
sind seine VITALfunktionen nach VITALitätsprüfungen
daraufhin schlecht.
Die Patienten ohne VITALgefühle finden's
insgeheim gerecht.

Haushaltshilfe WINTER und Doktor SOMMER sind WILLIG

Haushaltshilfe WINTER und Doktor SOMMER
WILLIGen unWILLIG
in Impftests ein. Pharmakonzern WILLIGer lässt billig
neue Impfstoffe produzieren. SOMMER stimmt
völlig freiWILLIG zu. Angeblich nimmt
WILLIGer bei hilfsWILLIGen, gutWILLIGen Ärzten
von Haus
aus Placeboimpfungen! SOMMER ist's
dennoch ein Graus.
Ob sich WILLIGer bösWILLIG vertut?,
überlegt WINTER, der's nicht gut
geht. ArbeitsunWILLIG inspiziert SOMMER an hellen
SOMMERtagen seine und WINTERs
entzündete Einstichstellen!
Laut dem eigenWILLIGen WILLIGer
ist's der Placeboeffekt.
Wurde mutWILLIG Geld in gefälschte
Impfstudien gesteckt?

Haushaltshilfe WINTER und Doktor SOMMER über ERNÄHRUNG

Doktor SOMMERs Haushaltshilfe und
ERNÄHRUNGsberaterin WINTER heilt
mit ERNÄHRUNG! SOMMER ist frischgebackener
ERNÄHRUNGsmediziner, verteilt
ERNÄHRUNGstipps, ERNÄHRUNGspläne,
ERNÄHRUNGstagebücher und
ERNÄHRUNGspyramiden
und gibt ERNÄHRUNGsempfehlungen sehr entschieden
an Altenheime und Krankenhäuser weiter,
wobei er sich mit Heimleiter
WINTERfeldt vor Gericht noch weiterstreitet,
weil er billigste ERNÄHRUNG zubereitet.
»Zivilisationskrankheiten und Gesundheitsprobleme sind
ERNÄHRUNGsbedingt!«,
predigt WINTER gebetsmühlenartig, nur bringt
ihr dies wenig. SOMMERs ERNÄHRUNGsbuch über
ERNÄHRUNGsweisen
floppt. Die Gedanken der allermeisten Patienten kreisen
um Tabletten, sagen ERNÄHRUNGsexperten und
Heimleiter WINTERfeldt.
Was der gesamten Pharmaindustrie
entschieden besser gefällt.

Haushaltshilfe WINTER und Doktor SOMMER über FASZIEN

Doktor SOMMERs Haushaltshilfe WINTER
lässt Patienten hinknien.
Egal, wo's zwickt – FASZIENexperten finden
die FASZIEN,
die für FASZIENtraining in FASZIENkursen,
FASZIENtherapien, FASZIENmobilisationen
und FASZIENmassagen infrage kommen!
»Keinesfalls schonen,
gesunder Geist muss im gesunden Körper wohnen!«,
säuseln FASZIENforscher aus dem FASZIENzentrum.
Dann belohnen
sie sämtliche Patienten mit FASZIENrollen,
FASZIENbällen und FASZIENstäben im übervollen
Wartezimmer. SOMMERs Patienten
bekamen alle einen Schrieb.
Das neue FASZIENzentrum geht morgen in Betrieb!
Auch FASZIEN-Yoga für jedermann wird angeboten.
FASZIENexperten und FASZIENforscher
hoffen auf gute Noten!

Haushaltshilfe WINTER und Doktor SOMMER über GÄNSE

Doktor SOMMERs Haushaltshilfe WINTER hängt
SchlachtGÄNSEn GÄNSEblümchenketten
um, hinter Bauer SOMMERach, der SOMMER fetten
GÄNSEbraten und GÄNSEstopfleber verspricht!
WINTER bekommt GÄNSEhaut.
Mit GÄNSErich Heinrich und der GÄNSEmagd schaut
WINTER Videos an von GrauGÄNSEn
in GÄNSEscharen
mit GÄNSEpaaren, die für GÄNSEjagden
freigegeben waren!
Die GÄNSEmagd kennt GÄNSEzüchter, GÄNSEdiebe,
GÄNSEschützen, GÄNSEmenüs und WINTERs Liebe
zu SOMMERachs HausGÄNSEn hinterm GÄNSEzaun
auf GÄNSEweiden.
An SOMMERachs Schlachttag hilft
ein GÄNSEzüchter beiden.
SOMMERachs HausGÄNSE befinden sich auf der Flucht
mit WINTER und der GÄNSEmagd, zur GÄNSEzucht!

Haushaltshilfe WINTER und Doktor SOMMER ÜBERLEBEN

ÜBERLEBENstrainer begutachten vorm
ÜBERLEBENsbunker Haushaltshilfe WINTERs
ÜBERLEBENswichtige
ÜBERLEBENsutensilien im ÜBERLEBENskoffer neben
ÜBERLEBENslisten. Der rotgesichtige
Doktor SOMMER grinst. Unter ÜBERLEBENsjacken
und ÜBERLEBENsdecken
wollte WINTER ÜBERLEBENsnotwendige
Wimperntusche und Lippenstift verstecken!
In SOMMERs ÜBERLEBENsrucksack befindet sich nur
ÜBERLEBENsnahrung,
seine ÜBERLEBENsversicherung und
ÜBERLEBENsbücher. SOMMER hat Erfahrung.
Ein ÜBERLEBENstrainer, der sich
ÜBERLEBENskünstler nennt, ÜBERLEBENstrieb
und ÜBERLEBENsspiele im ÜBERLEBENsbunker
erklärt und lieb
WINTERs Ohr beknabbert, stellt eine
ÜBERLEBENsgroße Büste
hinter ÜBERLEBENswerkzeug auf.
Als er WINTERs Brüste
unsittlich berührt, schleudert SOMMER
ÜBERLEBENsmesser voller ÜBERLEBENsdrang
auf den dreisten ÜBERLEBENskünstler.
Wie unter Zwang.

Haushaltshilfe WINTER und Doktor SOMMER über RADON

Kaum lassen WINTER und SOMMER
eine RADONfachperson
über RADONhaltige Luft reden, bereuen sie's schon.
Eigentlich sollte die über RADONheilbäder,
RADON-Heilstollen,
RADONinhalationskuren, RADONwärmetherapie,
RADONbrunnen, RADONhaltiges Wasser und tollen
RADONanwendungen und RADONtherapien gegen
Schmerzen reden, stattdessen
erzählt die RADONfachperson übers
RADONzentrum in Hessen,
das RADONschutzgesetz und das RADONstrahlenrisiko
in RADONvorsorgegebieten!
Für die RADONabsaugung mit diagonalen
Rohrventilatoren vermieten
Firmen Gerätschaften. Auf RADONfolie und die
RADONdichten
Bodenplatten sollte man bei RADONbelastung
nicht verzichten.
Beim Fachvortrag verkauft die RADONfachperson einen
RADONmaßnahmenplan
inklusive RADONdosimeter.
Etliche Patienten sind ganz angetan!

Haushaltshilfe WINTER und Doktor SOMMER über SCHRIFT

Das Kind des SCHRIFTkundigen SCHRIFTführers vom
SCHRIFTstellerverband
malt unter Doktor SOMMERs SchnörkelSCHRIFT
seine Hand,
spricht über SCHRIFTdesign, WerbeSCHRIFTzüge,
ComputerfachzeitSCHRIFTen, seine Zahnlücke,
handSCHRIFTliche Ergänzungen, SCHRIFTkunde und
zerreißt mehrere SCHRIFTstücke
vor SOMMERs Haushaltshilfe WINTER stillvergnügt!
SOMMER stellt
in unleserlicher KrakelSCHRIFT Rezepte
nochmals aus, behält
den Überblick aber nicht, weil
SCHRIFTdolmetscher laut
draußen zanken. Das Kind vom SCHRIFTführer klaut
Rezeptblöcke und ahmt SOMMERs SCHRIFTzeichen
perfekt nach. Ahnungslose Apotheker überreichen
dem herzkranken SCHRIFTführer einen seltsamen neuen
Medikamentenmix.
Das Kind fachsimpelt über SCHRIFTrollen im »Asterix«.

Haushaltshilfe WINTER und Doktor SOMMER über VERDAUUNG

Doktor SOMMER verlost Nachbarbauer SOMMERachs
selbstgemachten Pflaumensaft
und VERDAUUNGsschnäpse, weil
VERDAUUNGsfördernd, für die VERDAUUNGskraft!
Patienten müssen Gewinnfragen richtig beantworten
über VERDAUUNGsschwäche,
VERDAUUNGskrankheiten, VERDAUUNGsstadien
und den VERDAUUNGskanal. Die freche
Haushaltshilfe WINTER macht ihren
VERDAUUNGsschlaf,
und die Patienten rätseln brav,
bis Patient WINTERstätter, der stets übertreibt,
sich gegen VERDAUUNGsschwäche einfach
VERDAUUNGSschnaps einverleibt!
WINTERstätters VERDAUUNGssystem streikt. Zuvor
nahm er VERDAUUNGsmittel.
Dutzende VERDAUUNGsschnapsflaschen, SOMMERs
und WINTERs weiße Kittel
und VERDAUUNGsbeschwerden
nimmt er noch kurz wahr,
bevor er in Bewusstlosigkeit gleitet. Eine Schar
»Weißkittel« im Krankenhaus können
WINTERstätter retten!
SOMMER, WINTER und WINTERstätter bekommen
Beruhigungstabletten.

Haushaltshilfe WINTER und Doktor SOMMER über VORSORGE

Haushaltshilfe WINTER und Doktor SOMMER
wollen VORSORGEn,
finanziell. Wegen VORSORGEuntersuchungen schreibt
WINTER jeden Morgen
VOSORGE-Informationspost.
Zwei VORSORGEkliniken senden
VOSORGEfachmänner für VORSORGEgespräche.
Die verwenden
die Worte »DarmkrebsVORSORGE«,
»AugenVORSORGEuntersuchungen« und
»HautkrebsVORSORGE« gefühlt
100 Mal. Selbst SOMMER und WINTER wühlt
das auf! Ein VORSORGEzentrum sendet einen Reisebus.
Interessierte für VORSORGEmedizin können das
»VORSORGE-Plus-
Programm« mitsamt Apparatemedizin besichtigen!
SOMMER darf probeliegen.
Laut den VORSORGEmedizinern könnten
VORSORGEprogramme vieles besiegen,
was bei der VORSORGE noch eher harmlos
erscheint. Das Vertrauen der
VORSORGEmediziner ist groß!

Haushaltshilfe WINTER und Doktor SOMMER über WEHEN

Haushaltshilfe WINTER und Doktor SOMMER
WEHEN WindWEHEN
vorm Gebirgspass entgegen, bevor die
WINTERreifen durchdrehen
und sie vor SchneeWEHEN stranden!
WINTERdienstfahrzeuge mit Salz und Sanden
halten WINTERsportler trotz
WINTERsportausrüstung weit vorm Pass
auf, weil eine WINTERurlauberin mit
GeburtsWEHEN leichenblass
im Auto liegt! An WINTERdienstfahrzeugen
WEHEN Fähnchen. SOMMER macht Kniebeugen,
während WINTER SchneeWEHEN hüpfend traktiert,
weil's sie trotz WINTERskistiefeln friert.
SOMMER spricht ein »WINTERliches Stoßgebet«,
ganz leise.
Beenden meterhohe SchneeWEHEN und
WINTERgewitter ihre WINTERreise?

Haushaltshilfe WINTER und Doktor SOMMER über WUNDER

Haushaltshilfe WINTER reitet Nachbarbauer
SOMMERachs WUNDERsame WUNDERstute
»WUNDERwonne« in WUNDERbar
schnellem Galopp. Die gute
mag eigentlich nur männliche Reiter!
Mehrere WUNDERkinder
verfüttern Bäcker WUNDERbacks »WUNDERbrot« an
SOMMERachs Rinder
auf Koppeln neben dem Internat.
Mit VerWUNDERung sieht
Doktor SOMMER neben SOMMERach,
wie »WUNDERwonne« niederkniet
vor WUNDERkindern und denen das
WUNDERbrot wegzieht,
was ganz offensichtlich nach WINTERs
Willen geschieht!
»Bitte nicht füttern«, steht auf SOMMERachs Schildern.
Mit »WUNDERwonnes« Lehrvideos kann er's
WUNDERbar bebildern,
und SOMMER lässt die im Wartezimmer laufen.
Bäcker WUNDERback und Filmfirmen
wollen die kaufen!

Haushaltshilfe WINTER und Doktor SOMMER übers GEHÖR

Haushaltshilfe WINTERs AnGEHÖRige, einer Sekte
AnGEHÖRend, werben
für GEHÖRtests, GEHÖRschutz für Musikliebhaber,
würdevolles Sterben
und um möglichst GEHÖRig reiche Neumitglieder,
obwohl Doktor SOMMER ihnen immer wieder
GEHÖRigst die Leviten liest, wenn sie erscheinen,
während WINTER Tests fürs GEHÖRorgan
im Allgemeinen
begrüßt. WINTERs AnGEHÖRige stellen Verengungen
der GEHÖRgänge
beim GEHÖRtest zuhauf fest. Aufklärungsgespräche
bekommen Überlänge,
wenn WINTERs AnGEHÖRige mit der
Mitgliederwerbung beginnen.
WINTER rät SOMMER, sie ein bisschen spinnen
zu lassen und dafür GEHÖRig mit abzukassieren.
WINTER ist stets offen, um Neues auszuprobieren.

Haushaltshilfe WINTER und Doktor SOMMER um ACHT

Morgens um ACHT vor ACHT
zeichnet ein ACHTsamkeitstrainer
WINTERs BlumenprACHT,
wobei er summende Geräusche mACHT.
Die NACHTschwester mit dem VerdACHT
auf Sepsis sitzt in SchwesterntrACHT
daneben und wird langsam aufgebrACHT.
Die NACHTschwester fühlt sich vom
ACHTsamkeitstrainer gestört.
UnACHTsames Rumgesumme um vor ACHT,
wie unerhört!
Um Punkt ACHT krACHT die Tischplatte
von SOMMERs Beistelltischchen, mit etwas Watte
aus den Ohren der NACHTschwester,
die ACHTsam, aber nicht bester
Laune ist, dem ACHTsamkeitstrainer auf die Perücke.
Die Tischplatte zersplittert genau in ACHT Stücke!

Haushaltshilfe WINTER und Doktor SOMMER um ELF

Doktor SOMMERs Haushaltshilfe WINTER bewundert
die ELFenhafte
Schlagersängerin ELFie, die's in ELF Monaten schaffte,
ELF Schlager-Hits zu produzieren,
im eigenen ELFenbeinturm zu residieren
und ihre ELF Entgleisungen geheimzuhalten!
Am ELFten
ELFten gegen ELF transportiert ein Transporter
Schweinehälften,
aber auch SOMMER und WINTER
zum ELFenbeinturm!
SOMMER hat die ELFjährige ELFie bei Sturm
mal aus dem ELF Grad kalten ELFenweiher
im ELFenwäldchen in ELFershausen gezerrt!
ELFie Meier
ist manisch-depressiv und selbstmordgefährdet,
was keiner
weiß. Am ELFten Dezember begleitet
SOMMER Schreiner
WELFenberg mit ELF Medikamenten
auf ELFies Gelände.
ELFie beschmiert mit hundertELF
düsteren Farben Turmwände.

Haushaltshilfe WINTER und Doktor SOMMER um FÜNF

Am FÜNFten FÜNFten lässt SOMMER
FÜNF Franzosen
FÜNF Kilometer mitfahren, die aus FÜNF großen
Rucksäcken gegen FÜNF plötzlich
FÜNFzehn Messer holen!
Nummer FÜNF wird FÜNFzig! Mit FÜNF Pistolen
jonglierend, thront der auf FÜNF Kissen hinter
SOMMER. Der sendet FÜNF SMS' an WINTER
in der Arztpraxis, völlig aufgelöst!
Dass SOMMER sich vollständig entblößt
für FÜNFundFÜNFzig Minuten
auf der Verkehrsinsel posiert,
wünschen die FÜNF. Das FÜNFzigjährige
Geburtstagskind stiert
nach FÜNF misslungenen Gehirnoperationen blicklos
vor sich hin. Entsprechend groß
ist der Hass auf Ärzte! SOMMERs Albtraum
beginnt. Mit FÜNF Krücken aus dem Kofferraum
steht SOMMER FÜNF Minuten, ohne
SOMMERliche Kleidungssachen.
Selbst WINTER und die FÜNFzehn Polizisten lachen.

Haushaltshilfe WINTER und Doktor SOMMER um NEUN

Als um NEUN Patienten zu NEUNt herumsitzen,
erhebt der NEUNmalkluge Staatsförster NEUNer, auf
Auffrischungsspritzen
wartend, wegen NEUN anstehenden Jagden
sich ungeschickt. Die NEUNundsiebzigjährigen Betagten
überstolpert er, die SOMMERs NEUN
WINTERgemälde anstoßen
daraufhin. Sie bekommen NEUN WINTERgemälde,
NEUNers großen
Rucksack und eine NEUNfarbige Tüte mit Nummer
NEUNhundertNEUNundNEUNzig draufgedruckt zu
Haushaltshilfe WINTERs großem Kummer
auf die Köpfe! SOMMER bittet um Geduld
um NEUN Uhr NEUNundzwanzig.
WINTER hat Mitschuld.
Sie gab allen NEUN für NEUN Termine.
SOMMER wütet vor NEUNer mit
furchterregendster Miene!

Haushaltshilfe WINTER und Doktor SOMMER um SECHS

SOMMERs SECHShundertSECHSseitiger Krimititel
»SECHS-Uhr-Läuten« schlug
SECHS Monate lang alle Rekorde! »Sehr klug
ausgedacht«, steht in SECHSundsechzig Rezensionen.
Im Buch verschwinden SECHS Millionen
Euro. SECHS Politiker sind verdächtig,
teilweise SECHSsprachig, sexbesessen und mächtig.
Auf SECHSspurigen Straßen vor
SECHSstöckigen Häusern geschehen
Attentate, die SECHSbeinige Insekten unter
SECHSkornsemmeln sehen!
WINTER, die SECHShundertSECHS Bücher
innerhalb von Tagen
verkaufte, will SECHStausendSECHShundert
Euro zur Bank tragen.
SECHS Sekunden später bekommt WINTER ungelogen
einen Werkzeugkoffer mit SECHSundsechzig
InnenSECHSkantschlüsseln übergezogen!

Haushaltshilfe WINTER und Doktor SOMMER um SIEBEN

Um SIEBEN macht WINTER mit SIEBEN TeeSIEBEN
Geschicklichkeitsübungen. SOMMERs
SIEBENundsiebzig Kniebeugen findet sie übertrieben.
»Über SIEBEN Brücken musst du gehn«,
plärrt SOMMER um SIEBEN Uhr zehn
und spielt mit SIEBEN Schokoladenstücken
auf einer der SIEBEN Perserbrücken,
als auf Diensthandys SIEBEN SIEBENstellige
erscheinen. Der längst fällige
Feiertagsbereitschaftsdienst von SOMMER und
WINTER lässt grüßen!
Warum WINTER SIEBEN Hopsersprünge macht,
die süßen
SIEBEN Schokoladenstücke umhoppelt und dabei
ungeschickt genau auf SOMMERs drei
Diensthandys landet, bleibt ungeklärt.
SIEBEN Notrufe, SIEBEN
Hausbesuche wären's gewesen. Wär SOMMER
doch liegengeblieben.

Haushaltshilfe WINTER und Doktor SOMMER um VIER

Haushaltshilfe WINTER gratuliert einer Mutter
von VIERlingen,
die VIER wartende Patienten zur Verzweiflung bringen.
Die VIERlingsmutter aus dem ProblemVIERtel
hat VIER
Zwergpinscher dabei, VIER VIERtel Wein und Bier
intus und VIERzig Grad Fieber!
Patient VIERzenrübel, ganz ein lieber,
will die VIERlinge bewachen für eine VIERtelstunde,
weil laut VIERlingsmutter einer der VIER Hunde
um VIER Uhr VIERundVIERzig in VIERzehn Sekunden
sein Geschäft verrichtet! Die VIERlingsmutter
bleibt verschwunden.
VIERhundertVIER Minuten später verzweifeln
SOMMER und VIERzehnrübel.
WINTER und den VIERlingen ist's furchtbar übel.

Haushaltshilfe WINTER und Doktor SOMMER um ZEHN

Haushaltshilfe WINTER erwartet die ZEHNte
Patientin, eine nicht gerade heißersehnte
ZEHNkämpferin, die nur vom ZEHNkampf
redet und den ZEHNten Wadenkrampf
mit Doktor SOMMER bespricht. ZEHN beschaffte
»Aufbauspritzen«
von SOMMER dürfte die ZEHNkämpferin
nicht besitzen.
In der Toilette stopft sie ZEHN Klopapierrollen
ZEHN Minuten ZEHN Sekunden später aus übervollen
Vorratsschränken in die Toilettenschüssel.
Vor ZEHN Stunden
ist ihr Freund, ein ZEHNkämpfer,
plötzlich verschwunden!
Psychisch ist sie seit ZEHN Jahren labil.
WINTER hat nach ZEHN Anrufen sehr viel
mit ZEHN Klempnern geredet. Einer schaut vorbei.
Die ZEHNkämpferin verschwindet um ZEHN Uhr drei.

Haushaltshilfe WINTER und Doktor SOMMER um ZEHN

SOMMER verliest um ZEHN vor vierZEHN
erwartungsvollen
ZEHNjährigen die fünfZEHN Baderegeln. DreiZEHN
Schwimmbecken sollen
SOMMER und WINTER unter ZEHN-Meter-Brettern
im neuen Erlebnisbad einweihen!
ZEHN AchtZEHNjährige erklettern
die ZEHN-Meter-Plattform, sechZEHN Flaschen
SOMMERweine
mitführend, gerade als WINTER ZEHN-Euro-Scheine,
in ZEHN ZEHNerkarten eingewickelt, verlost!
SOMMER klettert kopflos und erbost
ZEHN Sekunden später den ZEHN AchtZEHNjährigen
hinterdrein.
Oben schwenkt ein AchtZEHNjähriger eine
SOMMERweinflasche gemein
hinter SOMMERs Haupt, der irritiert
dort oben das Gleichgewicht verliert.
ZEHN Meter tiefer verschlucken SOMMER die Wellen.
Laut Zeitungsbericht sind SOMMER und
WINTER Rebellen!

Haushaltshilfe WINTER und Doktor SOMMER um ZWEI

Doktor SOMMER beZWEIfelt insgeheim die
Wirkung ZWEIer
Impfungen und ZWEIfelsfreie Aussagen vom
Pharmakonzern Beier.
ZWEI Pharmareferenten, die stets zu ZWEIt erscheinen,
verlesen vor SOMMER und WINTER die allgemeinen
Fachinformationen fast fehlerfrei um ZWEI Uhr
ZWEIunddreißig!
Der ZWEIte, kleinere der beiden zwinkert fleißig
mit den Augen, verweist auf ZWEIundzwanzig
ZWEITmeinungen
und betont, es gäbe ZWEIfellos
keinerlei Nebenerscheinungen
bei sämtlichen Produkten vom Pharmakonzern!
SOMMER und WINTER nehmen gern
ZWEIundvierzig Gratisproben für Patienten,
ZWEIfelsfrei.
SOMMER ist etwas unwohl dabei.

Haushaltshilfe WINTER und Doktor SOMMER und ÄRZTE

Haushaltshilfe WINTER und Doktor SOMMER
verteilen Weihnachtsteller
im ÄRZTEhaus! SOMMER hat RöntgenÄRZTEn
im Keller
neben Süßigkeiten ÄRZTEsocken, ÄRZTEwitze und
ÄRZTEblätter draufgelegt.
WINTER liest von ÄRZTEknappheit
im ÄRZTEblatt, bewegt
sich hinter SOMMER auf Treppenstufen und singt,
als das Licht ausgeht! Was SOMMER
durcheinanderbringt.
AssistenzÄRZTE und RöngenÄRZTE kommen von
unten hochgelaufen,
reden von ÄRZTEpfusch und ÄRZTEskandalen
und schnaufen
stark. WINTER verliert im Stockfinsteren
Weihnachtsteller mitsamt
»Belag«, stürzt in die ÄRZTEgruppe, »Oh verdammt!«
zischend und rempelt SOMMER und
AssistenzÄRZTE kräftig.
Insgesamt verletzten sich etliche ÄRZTE
dermaßen heftig,
dass sie vor KrankenhausÄRZTEn landen,
inklusive ÄRZTEvisiten!
WINTER will ihnen Weihnachtsteller mit
ÄRZTEsocken anbieten.

Haushaltshilfe WINTER und Doktor SOMMER und der PHILOSOPH

WINTERs Bekannter, ein NaturPHILOSOPH,
baut einen PHILOSOPHengang
mit PHILOSOPHensteinen in SOMMERs
SOMMERgarten! Im Überschwang
bestellte der fürs PHILOSOPHengärtchen
PHILOSOPHenhäuschen und PHILOSOPHenbänke
als Bausatz, außerdem ein PHILOSOPHencafé
mit Gassenschänke!
Patienten beobachten, wie der NaturPHILOSOPH
mit Bausätzen
jongliert. Nichts hält sie auf ihren Plätzen,
und während sie PHILOSOPHenbänkchen
zusammenmontieren am PHILOSOPHenpfad,
trägt der NaturPHILOSOPH PHILOSOPHenweisheiten
von SOMMERs Hochrad
aus vor! PHILOSOPHensteine umkurvend, murmelt er
PHILOSOPHensprüche
vom PHILOSOPHenkaiser mit PHILOSOPHenmantel
im PHILOSOPHenkeller. Zwei Achsenbrüche
an SOMMERs Hochrad stoppen den geistigen Höhenflug
des NaturPHILOSOPHen. Auch PHILOSOPHen macht
Schaden klug.

Haushaltshilfe WINTER und Doktor SOMMER und ein PHILOSOPH

Doktor SOMMER behandelt einen unentwegt
PHILOSOPHierenden NaturPHILOSOPHen,
der gut aufgelegt
SOMMER und Haushaltshilfe WINTER
PHILOSOPHische Lehrsätze erklärt.
Bei ausgiebigen PHILOSOPHischen
PHILOSOPHenrunden auf PHILOSOPHenpfaden lehrt
er PHILOSOPHielehrer und Mitglieder vom
PHILOSOPHenverband
das Wandeln im PHILOSOPHenmantel,
was den Naturverstand
schärfen soll. Ohne Handy, aber mit
PHILOSOPHenwitzen,
lässt der NaturPHILOSOPH alle im Wald sitzen,
um PHILOSOPHische Fragen alleine zu erörtern.
Er beschreibt PHILOSOPHenherrscher mit
PHILOSOPHischen Wörtern
und überlegt sich PHILOSOPHische Tätigkeiten
für Stunden.
Schnell haben seine PHILOSOPHieschüler
noch nie rausgefunden,
aus dem Wald, ohne technische Hilfsmittel!
Er liest im PHILOSOPHiebuch einige Kapitel.

Haushaltshilfe WINTER und Doktor SOMMER und KÜHE

KÜHE von Doktor SOMMERs Nachbarbauer
SOMMERach hassen
die neuen Melkroboter. Von Haushaltshilfe
WINTER lassen
KÜHE sich gern kraulen! An PlüschKÜHEn probt
WINTER das KÜHE melken. Sogar SOMMERach lobt
WINTER, als sie, SchokoladenKÜHE mampfend,
Milch ihrer echten LieblingsKÜHE, dampfend
und recht flott abgezapft, präsentiert!
SOMMERach ist begeistert. SOMMER stiert
auf WINTERs Kündigung. Sie macht ein Praktikum
bei SOMMERach im HochSOMMER, der, nicht dumm,
auch noch Geld für seine Lehrmeistertätigkeit verlangt.
Ob SOMMER ernsthaft um WINTERs
Geisteszustand bangt?
SOMMERach beschäftigt Melkroboter und WINTER,
die PlastikKÜHE,
SchokoladenKÜHE und MarzipanKÜHE zusätzlich
verkauft. Ohne Mühe!

Haushaltshilfe WINTER und Doktor SOMMER unter HYPNOSE

Zur SelbstHYPNOSE starrt Doktor SOMMER
in Kerzenlichter,
im HYPNOSEsessel verschiedene
HYPNOSEeinleitungen wiederholend. Die Gesichter
seiner Patienten, einem HYPNOSEzahnarzt und
HYPNOSEcoachs zufälligerweise,
verschwimmen. Am Vorabend ging SOMMER
auf »HYPNOSEreise«
im HYPNOSEinstitut. Ein HYPNOSEcoach und
HYPNOSEzahnarzt kriegen
SOMMERs HYPNOSEzustand nicht mit. Von eigenen
HYPNOSEliegen,
HYPNOSEgeräten, HYPNOSEtechniken,
HYPNOSEshows, HYPNOSEnsibilisierungen und
HYPNOSEsesseln schwärmend,
finden sie SOMMERs Dutzende Kerzenlichter
eher erwärmend.
Als Haushaltshilfe WINTER HYPNOSEscheiben mit
HYPNOSEspiralen hereinbringt,
weiß niemand genau, wie's SOMMERs
Kommunionkerzen gelingt,
HYPNOSEbrillen zu verbrennen.
Dann entsteht ein Großbrand!
SOMMER informiert den HYPNOSEverband
über seinen HYPNOSEzustand.

Haushaltshilfe WINTER und Doktor SOMMER unter NARREN

HofNARREN starten im Theaterstück
»NARRENschule am NARRENschiff«
mittels improvisiertem SchNARREN und KNARREN
einen Angriff
auf SOMMERs und WINTERs Lachmuskeln!
HofNARREN stellen
PferdeNARREN wiehernd dar, die vor
HundeNARREN bellen
und vor KatzenNARREN fauchen, übertrieben.
Sämtliche TierNARREN sollen nach Belieben
mit NARRENfreiheit NARRENrufe ausstoßen und
erhalten NARRENmützen
und NARRENglocken, die angeblich vor
NARRENübergriffen schützen.
SOMMER und WINTER glänzen in ihren
NARRENrollen,
wobei sie die ganze SOMMERnacht hindurch
herumtollen!
Anderntags mimt SOMMER einen Affen.
WINTER muss sich schlaftrunken zusammenraffen.
SOMMER macht bei SOMMERtemperatur
nur Beratungen, erweitert.
Was den närrischen Waffennarr mit
KNARREN erheitert.
Als Schauspieler aus der NARRENschule
der HofNARREN
lehrt er SOMMER den Umgang mit KNARREN!

Haushaltshilfe WINTER und Doktor SOMMER vor BÄREN

SOMMERs Patient, ein BÄRENpfleger, BÄRENstark
und ständig BÄRENdreck im BÄRENpark
zwischen BraunBÄREN kauend, riecht stark nach
BÄRENgehege,
als er WINTER alles über BÄRENpranken,
BÄRENpflege
und der Dame im BÄRENgewand
erzählt, die TeddyBÄREN im TeddyBÄRENland
in der TeddyBÄRENklinik repariert und
seine BÄRENdamen,
wie auch ihn, mit seltsamen erfundenen Kosenamen
anredet. Letztens hat sie den BÄRENpfleger beklaut!
Vor SOMMERs und WINTERs Hauseingang
wird's laut.
Die Polizei warnt draußen vor herumlaufenden
BraunBÄREN!
Die aus BÄRENanlagen im BÄRENpark
freigekommen wären!

Haushaltshilfe WINTER und Doktor SOMMER vor DIOXIN

SOMMERs Nachbarbauer SOMMERach
mixt Futtermais,
DIOXINbelastet mit DIOXINhaltigen Substanzen,
Schweiß
dabei vergießend am heißesten SOMMERtag,
ins Hühnerfutter.
WINTERs DIOXINwerte steigen. Die DIOXINmenge
in Butter,
die SOMMERach verkauft, ist bestimmt
vernachlässigenswert. In der Luft nimmt
die DIOXINbildung wegen der maroden
Müllverbrennungsanlage zu. Schlummern im Boden
von SOMMERach nach DIOXINskandalen
DIOXINgifte? WINTER schält
SOMMERachs Frühstückseier, während dieser
SOMMER verwirrt erzählt,
Atemluft wäre mit DibenzoDIOXIN und
TetrachloridibenzoDIOXIN belastet.
Und er deshalb SOMMERs wie WINTERs heilfastet.

Haushaltshilfe WINTER und Doktor SOMMER vor FALLEN

Die entgegenkommenden, unangeleinten Jagdhunde
wirken aufFALLENd erregt!
Doktor SOMMER muss hinFALLEN, als er unüberlegt
beim Joggen auf den abFALLENden
Waldpfad ausweicht, auch wegen herumknallenden
Jägern. Vor von Pilzen beFALLENen Astteilen
will SOMMER wegen herabFALLENden Hagelkörnern
verweilen.
Tannenzapfen FALLEN von oben herab,
als SOMMER ein dumpfes »Schnapp«
vernimmt, unterm Laubberg aus
heruntergeFALLENen Blättern!
SOMMER schreit. AufFALLENd erregte
Jagdhunde klettern
über Astteile zu den SchlagFALLEN. Jäger hinterdrein.
Eine von den SchlagFALLEN demolierte
SOMMERs Bein
beim ZuFALLEN! Haushaltshilfe WINTER
ist am Frohlocken.
Wegen herabFALLENder Hagelkörner blieb sie
zu Hause hocken.

Haushaltshilfe WINTER und Doktor SOMMER vor FLASCHEN

SOMMER behandelt FLASCHENsammler, die im
FLASCHENmüll wühlen.
SOMMER, WINTER und ein großmütiger
GlasFLASCHENhersteller fühlen
sich verantwortlich. Der FLASCHENhersteller färbt
FLASCHENbanderolen rot.
FLASCHENcontainer ebenso.
»Helfen Sie FLASCHENsammlern in Not!«
lässt er auf BierFLASCHEN, WeinFLASCHEN,
SektFLASCHEN, LimonadenFLASCHEN,
SirupFLASCHEN und MilchFLASCHEN drucken.
FLASCHENcontainer stehen gewaschen
und teilweise mit PfandFLASCHENkästen möbiliert,
damit's obdachlose FLASCHENsammler nicht friert,
neben der FLASCHENfabrik und
FLASCHENwaschanlagen.
»FLASCHEN in der Regierung versagen«,
findet der FLASCHENhersteller, dessen Gesicht
am FLASCHENglas
auf FLASCHENbanderolen prangt. FLASCHENsammler
bauen aus Spaß
Skulpturen aus FLASCHEN und halten
FLASCHENwaschanlagen rein.
Der FLASCHENhersteller und sämtliche
FLASCHENkäufer finden's fein!

Haushaltshilfe WINTER und Doktor SOMMER vor GIN

WINTER und SOMMER beGINnen vorm
GINsterbusch Turteleien,
stolpern über GINflaschen unter LegGINgs
und schreien,
als GINsterbüsche zittern und hinter GINsterzweigen
Obdachlose nach GINkonsum ihre Allerwertesten zeigen
und beGINnen, mehrere GINflaschen unter WINTER
rauszuziehen,
wobei sie auf GINsterblüten und GINrinnsalen knien!
Dass genau zum DämmerungsbeGINn Zeitungsreporter
GINdert vorbeiradelt,
SOMMER und WINTER wegen vermeintlichem
GINkonsum tadelt
und beGINnt, GINlachen zu fotografieren
und den Sachverhalt zu kommentieren,
kommt SOMMER und WINTER jetzt sehr ungelegen.
Zu TagesbeGINn sind's Zeitungstitelzeilen,
die WINTER aufregen:
»TagesbeGINn mit GIN unterm GINster!«
SOMMER und WINTER blicken finster.

Haushaltshilfe WINTER und Doktor SOMMER vor IREN

IREN beraten Doktor SOMMER zuerst zu
ComputervIREN.
Ob Haushaltshilfe WINTER derweil ihren
VIRENschutzanzug anprobieren
will, fragen die IREN,
VIRENschutz-Komplettprogramme anbietend
und Fachpersonal für VIRENtests und
VIRENentfernung vermietend.
Die IREN der Firma »VIRENkomplett«
sind VIRENfrei, VIRENjäger und nett!
Der VIRENkiller-Luftreiniger ist begehrt
und SOMMER das Sümmchen wert.
»Wir IREN killen VIREN zu 100 Prozent.
VIRENkomplett. Alles für VIRENfreiheit, freundlich und
kompetent!«
Vor SOMMER liegt ein Hochglanzprospekt.
Diese IREN beherrschen alles perfekt.

Haushaltshilfe WINTER und Doktor SOMMER vor KAFFEE

Und Haushaltshilfe WINTER und Doktor SOMMER
pirschen
auf einer KAFFEEplantage zwischen
KAFFEEsträuchern mit KAFFEEkirschen,
in denen KAFFEEbohnen stecken, umher!
Das KAFFEEfeld
gehört SOMMERs Patient, einem KAFFEEjunkie,
der Geld
wie Heu besitzt. SOMMER und WINTER erhielten
Gratisflüge in KAFFEEanbaugebiete, weil sie
Behandlungserfolge erzielten!
WINTER wirft zwischen KAFFEEanpflanzungen
KAFFEEgebäck
nach SOMMER, der im Versteck
auf einem KAFFEEbaum kauert.
Ein KAFFEEbauer verspritzt
Fungizide gegen KAFFEErost; dort, wo SOMMER sitzt!
SOMMER plumpst vom KAFFEEbaum,
in Sprühnebel gebadet.
WINTER flüchtet zu KAFFEEpflückern.
Ist SOMMER unbeschadet?

Haushaltshilfe WINTER und Doktor SOMMER vor LYRIK

Doktor SOMMER fragen zwei LYRIKverlage,
ob er LYRIKabende und LYRIKtage
mit namhaften LYRIKern und LYRIKerinnen
ihrer LYRIKreihen
unterstützen wolle? Er dürfe sogar
LYRIKpreise verleihen,
vom LYRIKverlag »LYRIKwelt« zur Verfügung
gestellt! »LYRIKwelt« würde die Vergnügung
in SOMMERs Wartebereich organisieren. Haushaltshilfe
WINTER, LYRIKformen
des Barocks, LYRIKanalysen, LYRIKkritik
und die Normen
eines LYRIKkalenders erklärend, sagt entzückt
zu. Den LYRIKer, der entrückt
wirkend ReiseLYRIK, NaturLYRIK und LYRIKbände
anpreist, verlässt
bei der LiebesLYRIK seine Stimme. SOMMER, fest
von einer LYRIKerin überzeugt, überreicht
dieser LYRIKpreise.
Der LYRIKer, SOMMERs SOMMERweinflaschen
ergreifend, schleicht leise
hinter SOMMER und haut dem die SOMMERweine
um die Ohren! SOMMER versagen die Beine.

Haushaltshilfe WINTER und Doktor SOMMER vor ÖL

Doktor SOMMER verkauft teuerste Öle aus Oliven,
wobei SonnenblumenÖL und andere BilligÖLe
vom wiefen
SpeiseÖLhersteller ÖLler in dessen geÖLter
Ölmühle beigefügt
werden. Haushaltshilfe WINTER preist
das OlivenÖL vergnügt
Patienten an. WINTER findet die ÖLmischung fein.
Sie kredenzt ein Kombiangebot mit SOMMERs
SOMMERwein!
Ein OlivenÖL-Tester meint, ranziges ÖL
rauszuschmecken
und lässt SOMMERs OlivenÖLe im Labor checken.
ÖLlers und SOMMERs ÖLpanscherei wird aufgedeckt!
Damit SOMMERs und WINTERs Ruf unbefleckt
bleibt, erhält der ÖLtester SOMMERweine
und Schweigegeld.
Was SOMMER, WINTER und ÖLler sehr missfällt.

Haushaltshilfe WINTER und Doktor SOMMER vor PASTETE

WINTER und SOMMER testen die neue
PASTETEnbäckerei.
Nach PASTETEnaufschnitt, GänseleberPASTETE im
PASTETEnnäpfchen und drei
verschiedenen KäsePASTETEn
muss SOMMER »wohin«
und findet sich versehentlich »mittendrin«
vor PASTETEnfüllungen und PASTETEnpressen
in der Küche,
wo ihm Schimmelflecken, Küchenschaben
und üble Gerüche
auffallen! PASTETEnbäcker hinter
PASTETEnbackformen fackeln nicht lange
und halten SOMMER PASTETEnmesser an die Wange.
Neuerdings verkauft SOMMER PASTETEneier,
PASTETEnförmchen und PASTETEngewürze.
WINTER trägt von der PASTETEnbäckerei
eine Schürze
und futtert SchokoladenPASTETE mit Vanillekirschen
beim Telefonieren.
Patienten müssen SOMMERs PASTETEneier
zu Ostern probieren!

Haushaltshilfe WINTER und Doktor SOMMER vor RUM

Doktor SOMMERs RUMänischer Patient
ist am RUMschreien.
SOMMER möge ihn aus dem RUMfass befreien!
ruft er, RUMhüpfend und RUMkrabbelnd
und von geleerten RUMflaschen brabbelnd.
Eigentlich hat WINTER den RUMänen,
der heRUMschimpft
und BRUMmtöne abgibt, nur gegen Grippe geimpft.
Der RUMäne zerbeißt heRUMliegende Plastikspritzen
und SOMMER wechselt vom Sitzen
ins Stehen, als er eine Notrufnummer wählt!
Neben leeren RUMflaschen und heRUMkullernden
RUMkugeln zählt
WINTER noch vier volle RUMflaschen
beim HeRUMsuchen in RUMänischen Reisetaschen.

Haushaltshilfe WINTER und Doktor SOMMER vor SALZ

Haushaltshilfe WINTER und Doktor SOMMER
verlosen SALZstreuer,
SALZkristalllampen, SALZkristalle, MeerSALZ
und BadeSALZe. Relativ teuer
sind die auf NitritpökelSALZ lagernden,
geSALZenen Lose.
WINTER verkauft SALZdosen. Angeblich hat
SOMMER große
SALZfelder in einem SALZgarten erstanden!
Dass gleich daneben Flugzeuge landen
und starten, verschweigt SOMMER,
der SALZarme Speisen
bevorzugt. Seine SALZe werden zu guten Preisen
als IndustrieSALZ und AuftauSALZ gehandelt,
weil Kerosin SOMMERs SALZfelder verschandelt.
Die Lose, die WINTER verkauft, sind Nieten,
allesamt. Allerdings kann SOMMER teures
AuftauSALZ anbieten!

Haushaltshilfe WINTER und Doktor SOMMER vor SCHIMPANSEN

Haushaltshilfe WINTER und Doktor SOMMER
beobachten SCHIMPANSEN
und SCHIMPANSENpfleger im
SCHIMPANSENgehege! WINTERs lange Schalfransen
weht der SOMMERwind durch Gitterstäbe. Eine
SCHIMPANSENmutter
mit SCHIMPANSENkind zwischen
SCHIMPANSENfamilien hält's für
SCHIMPANSENfutter
und zerrt mit SCHIMPANSENfingern der linken
SCHIMPANSENhand
daran. Als SOMMER SCHIMPANSENlaute mit
offensichtlichem Sachverstand
nachahmt, unterbrechen sämtliche
SCHIMPANSENmütter das Säugen
der SCHIMPANSENbabys, was
SCHIMPANSENforscher, hinter Spielzeugen
im SCHIMPANSENgehege versteckt, filmen! Ein
SCHIMPANSENexperte fängt
Szenen ein, wo SOMMER an Gitterstäben hängt
und SCHIMPANSENgeschrei imitiert, bevor er den
SCHIMPANSENgang
ausprobiert. Vorm SCHIMPANSENkäfig herrscht
mittlerweile starker Andrang.
SCHIMPANSENpfleger wollen SOMMERs Videos für
Werbezwecke haben!
Erste Zoobesucher spenden SOMMER milde Gaben.

Haushaltshilfe WINTER und Doktor SOMMER vor SCHWEDEN

SCHWEDEN ködern Doktor SOMMER mit
SCHWEDENtropfen, SCHWEDENkräutern,
»SCHWEDENplätzchen« und reichlich
SCHWEDENpunsch. Die SCHWEDEN erläutern
ihre Geschäftsidee mit der Fabrik für SCHWEDENbitter!
SOMMER müsste investieren, bekäme aber viele Liter
SCHWEDENbitter in SCHWEDENgelben und
SCHWEDENroten
Fläschchen umsonst. SOMMER, den toten
Lachs aus SCHWEDEN in der SCHWEDENpfanne
herumschwenkend,
unterschreibt mit Haushaltshilfe WINTER,
reichlich wenig nachdenkend.
Die Fabrik existiert nur für kurze Zeit
am SCHWEDENplatz. Bei den Abgasfilteranlagen
fehlt's meilenweit!
Die SCHWEDEN hinterlassen am SCHWEDENplatz
einen SCHWEDENofen.
Sind SOMMER und WINTER wieder mal die Doofen?

Haushaltshilfe WINTER und Doktor SOMMER vor SEKT

Haushaltshilfe WINTER und Doktor SOMMER
lieben SEKTempfänge!
Beim SEKTempfang in der SEKTkellerei
herrscht Gedränge.
SOMMER flüchtet mit SEKTflöten, Schwips
und SEKTkühlern
in historische SEKTkeller. InSEKTen
mit übergroßen Fühlern,
InSEKTenaugen, InSEKTenlarven, InSEKTenflügeln
und InSEKTenbeinen
krabbeln zwischen InSEKTenvernichtungsmitteln,
SEKTenexperten, Schaumweinen
und InSEKTeneiern! Ein SEKTenbeauftragter zieht
SOMMER beiseite –
»Hier sind SEKTengurus, deren KleinSEKTen
sind pleite,
werden Sie kein SEKTenopfer des SEKTendorfes,
unterschreiben
sie keine SEKTenbeitrittserklärung!« WINTER, gerade
beim Einverleiben
eines SEKTfrühstücks, steht vorm SEKTenvater und tut
dies! SEKTenkinder köpfen SEKTflaschen
und finden's gut.

Haushaltshilfe WINTER und Doktor SOMMER vor STAUB

Doktor SOMMERs Haushaltshilfe WINTER ist
am AbSTAUBen
von STAUBigen Tontauben, während SOMMER
STAUBgraue Stadttauben
im StraßenSTAUB durchs STAUBbewehrte
Fensterviereck
fotografiert. Ein STAUBsaugervertreter
mit Straßendreck
am Hosenbein winkt SOMMER, STAUBsaugerbeutel
und STAUBtücher
schwenkend! Weil oben am Schrank verSTAUBte Bücher
stehen, holt WINTER die Trittleiter, frisch entSTAUBt.
Der STAUBsaugervertreter schleicht in
SOMMERs Praxis, unerlaubt
und WINTERs STAUBfreie Trittleiter umrundend.
WINTER pustet
gegen schwere STAUBfänger, und der
STAUBsaugervertreter hustet
wegen WINTERs STAUBwolken.
WINTERs STAUBwedel bricht entzwei!
Sie stößt gegen die STAUBfänger, die STAUBfrei
hinunterfallen und den STAUBsaugervertreter treffen,
aus Versehen.
Schafft's der STAUBsaugervertreter, unter gusseisernen
Büsten aufzustehen?

Haushaltshilfe WINTER und Doktor SOMMER vor VENEN

Doktor SOMMERs Arztfreund, der VENENspezialist,
erklärt VENENheilkunde,
VENENdiagnostik, VENENthrombosen und
VENENoperationen im VENENzentrum runde
sieben Stunden lang. VENENfachärzte meistern
VENENröntgen im Fließbandverfahren und begeistern
sich an den Computerprogrammen,
die Auswertungen präsentieren!
SOMMERs Haushaltshilfe WINTER darf das
VENENröntgen ausprobieren.
Bereitwillig lässt WINTER ArmVENEN und
BeinVENEN durchleuchten.
SOMMER witzelt, ob VENENfachärzte noch
VENENblutentnahmen bräuchten,
weil sich die Computerauswertung so lang hinzieht.
VENENerkrankungen fallen jedenfalls nicht
in SOMMERs Fachgebiet.
Nun, WINTERs ArmVENEN und BeinVENEN
sind gesund,
aber ein fehlerhaftes Computerprogramm
deutet den Befund
als VENENverschluss und damit
als gefährliches VENENleiden!
SOMMER will weitere Besuche
im VENENzentrum meiden.

Haushaltshilfe WINTER und Doktor SOMMER vor WELPEN

Haushaltshilfe WINTER und Doktor SOMMER
betreuen WELPENlaufställe
und WELPENzwinger im WELPENinternat!
WINTER wirft Gummibälle
zu RauhaardackelWELPEN in WELPENkisten und
WELPENgehegen,
die sich kriechend durch WELPENbrei bewegen,
den SOMMER neben verdorbener WELPENmilch als
WELPENnahrung
servierte. WELPENcoachs und WELPENhalter mit
etlicher Erfahrung
statten SOMMER und WINTER mit WELPENtaschen,
WELPENrucksäcken,
WELPENratgebern, WELPENbürsten,
WELPENbildern, WELPENleinen,
WELPENhalsbändern und WELPENdecken
aus, bevor alle mit der WELPENgruppe rausgehen!
Das WELPENinternat wirbt für WELPENkurse.
Passanten drehen
ihre Köpfe, und SOMMER wirbt gleich noch
für seine Praxis. WELPENzähne nagen ein Loch
in SOMMERs WELPENrucksack am Rücken.
Während WELPENcoachs die Kameras zücken,
sieht man aus WELPENmäulern verdorbene
WELPENmilch fließen.
Wobei Zeitungsreporter eifrig Bilder von allem schießen.

Haushaltshilfe WINTER und Doktor SOMMER vor ZWÖLF

Vor ZWÖLF behandelt SOMMER Patienten mit
ZWÖLFfingerdarmgeschwüren!
ZWÖLF Uhr ZWÖLF. Die einbestellten
Darmexperten führen
Lehrfilme von einem ZWÖLFjährigen vor,
dessen ZWÖLFfingerdarm
schlug ZWÖLFmal mit ZWÖLFfingerdarmentzündung
zum ZWÖLFuhrläuten Alarm,
laut Kindsmutter! Einen ZWÖLFfingerdarm, mit
ZWÖLF Fingerbreiten
Länge, zeichnet WINTER zerstreut über ZWÖLF Seiten
ins Notizbuch neben ZWÖLFzackige Sterne.
SOMMER lauscht den Darmexperten gerne,
als ein ZWÖLFjähriger in die Praxis eindringt,
der mordlustig ZWÖLFkantschrauben und ZWÖLFkant
Steckschlüssel hochschwingt!
SOMMER und Darmexperten flüchten vor ZWÖLFkant
Steckschlüsseln.
WINTER malt ZWÖLF Sprünge in ZWÖLF Schüsseln.

Haushaltshilfe WINTER und Doktor SOMMER vorm BABY

Und Haushaltshilfe WINTER und
Doktor SOMMER wecken
BABYs mit BABYgebrüll! In mehreren
Wohnungen stecken
neuerdings BABYbadewannen, BABYphone,
BABYflaschen, BABYtragen,
BABYdecken, BABYkleider, BABYnahrungszubereiter
und Kinderwagen.
Oben sendet nachts das BABYphone
wegen Verbindungsproblemen einen schrillen Ton,
der SOMMER um den Schlaf bringt.
Ausgerechnet das BABY vorm BABYphone ringt
in einer SOMMERnacht um Luft. Kindsvater Dieter
verfüttert irgendwas aus der BABYapotheke,
informiert Nachbarmieter,
trinkt flaschenweise SOMMERweine und verschwindet
ins BABYlon –
die Diskothek! SOMMER nahm wegen dem BABYphone
Schlaftabletten, und WINTER rettet BABYigel
hinterm Schuppen.
SOMMER träumt wirr von BABYmassage
an BABYpuppen.

Haushaltshilfe WINTER und Doktor SOMMER und ein BÄR

BÄRige Stimmung beim »BÄRigen TanzBÄRenfest«
im Tierpark! Nach dem Alkoholtest
empfehlen BÄRendompteure Doktor SOMMER im
BÄRenkostüm ausdrücklich,
zu Fuß heimzugehen! Haushaltshilfe WINTER
folgt glücklich
im BÄRenfell mit dunkler BÄRenmaske
und BÄRenpranken.
Warum SOMMER in der SOMMERnacht
unter Leitplanken
durchkrabbelt am rechten Fahrbahnrand,
bleibt ungeklärt.
Ob der BÄRtige Oberförster SOMMER überfährt,
der da SOMMER anscheinend überhaupt
nicht registriert?
Weil WINTER hinter Büschen
ein BÄRenfänger anstiert,
ist sie vom Geschehen am Fahrbahnrand abgelenkt.
Ob der BÄRenfänger im BÄRenpelz WINTER einfängt?

Haushaltshilfe WINTER und Doktor SOMMER vorm BARON

Der SeilbahnBARON erklärt anderen Patienten,
was »BARONat«
oder »BARONie« bezeichnet, als er vom Attentat
auf seine BARONin und BARONessen
erfährt! Zwei hinausflüchtende Patienten vergessen
ihre Regenschirme und SOMMERregenjacken in
SOMMERs Eingangsbereich.
Ein Patient filmt den SeilbahnBARON, der kreidebleich
vor SOMMERs aufblasbarer SOMMERcouch
auf SOMMERdecken liegt.
Wer da so alles einen BARONtitel kriegt,
denkt der letzte hinausstürzende Patient,
der »BARONisiert«
ergoogelt und dann kurz mit WINTER telefoniert,
die irgendwo in ihrer Mittagspause verweilt.
Ob sie sich zum SeilbahnBARON zurückbeeilt?

Haushaltshilfe WINTER und Doktor SOMMER vorm BAUM

Doktor SOMMER erklärt Haushaltshilfe WINTER
BAUMpilze, BAUMarten
und BAUMschädlinge im Wald hinter
SOMMERs SOMMERgarten.
Wegen Sturmböen wanken BAUMkronen,
und SOMMER flucht,
weil der BAUMpfleger neben lauten
BAUMhäckslern versucht,
WINTER zur Umkehr zu bewegen!
Er will die BAUMsäge ablegen,
als der von ihm angesägte BAUMstamm richtiggehend
zerberstet und sich,
über liegenden BAUMstämmen wegdrehend,
auf einen TannenBAUM ohne BAUMäste
stürzt, den BAUMpfleger inklusive Schutzweste
mitreißend! Schutzhelm und BAUMsäge
liegen unter BAUMästen.
SOMMER, über BAUMstümpfe stolpernd,
hilft mit besten
Vorsätzen und Kenntnissen dem BAUMpfleger
unterm BAUM!
WINTER verfolgt der BAUM in jedem Traum.

Haushaltshilfe WINTER und Doktor SOMMER vorm BETT

Eigentlich wollte Doktor SOMMER nach
BETTsocken, BETTbezügen
und BETTtüchern schauen. Im BETTenhaus
aber vergnügen
BETTenverkäufer sämtliche potentielle BETTenkäufer,
indem sie BETTen
mit BETTvorlegern in BETTenabteilungen
mustern und netten
BETTelnden Möpsen, die die BETTen
scheinbar bewachen,
Leckereien geben, damit sie lustige Kunststücke machen!
Die BETTenverkäufer,
Haushaltshilfe WINTER ahnt es sowieso,
sind Schauspieler und spielen »BETTensketche«
von Loriot.
Ein Mops hatt's WINTER angetan,
den rettet SOMMER ganz spontan,
als eine ungeschickte BETTenverkäuferin
vor HolzBETTen drüberfällt.
Die wurden mit aufgemalten Loriot-Köpfen ausgestellt.
PrunkBETTen mit handgemalten Möpsen
sind auch dabei!
SOMMER bestellt erst ein KomplettBETT. Dann zwei.

Haushaltshilfe WINTER und Doktor SOMMER vorm BIBER

Doktor SOMMER und Haushaltshilfe WINTER
hören Wissenswertes
über Europäische BIBER in BIBERrevieren,
die unversehrtes
Holz schon mal mit nachwachsenden
BIBERschneidezähnen durchnagen,
am BIBERlehrpfad vom BIBERbeauftragten!
Übers BIBERgewässer wagen
sich nur Mutige übers Brückchen aus Holzstämmen,
und SOMMER und WINTER kommen
da BIBERdämmen
ganz nahe! Ein BIBERhund bellt –
gerade, als die Brücke zusammenfällt –
vermutlich wegen BIBERverbiss, erklärt der
BIBERbeauftragte rotgesichtig
beim Schwimmen im BIBERgewässer!
SOMMER erklärt richtig
triefnass, er esse später BIBERfleisch mit Rotkraut.
WINTER fotografiert eine BIBERmutter,
die bedrohlich ausschaut!

Haushaltshilfe WINTER und Doktor SOMMER vorm BISCHOF

Doktor SOMMER betreut den BISCHOF
vom BISCHOFspalast!
Haushaltshilfe WINTER findet, dass SOMMER dem fast
ähnelt. Spaßeshalber ordert SOMMER BISCHOFsstab,
BISCHOFsumhang, BISCHOFskappe,
BISCHOFsringe, BISCHOFskreuz und BISCHOFshut
und fährt knappe
100 Kilometer zur BISCHOFsversammlung im pompösen
BISCHOFsschloss.
Ein LandesBISCHOF im BISCHOFsgewand
besteigt ein Ross,
gerade als SOMMER in BISCHOFstracht
erscheint. Das widerspenstige Ross macht
mitsamt LandesBISCHOF einen großen Satz
über den ErzBISCHOF am BISCHOFsplatz,
wobei der LandesBISCHOF über
einen WeihBISCHOF schwebt
und kurz drauf fast nicht mehr lebt!
SOMMER ruft: »Ich bin Arzt!« und hastet
zum LandesBISCHOF, wo er noch Pulsschläge ertastet.

Haushaltshilfe WINTER und Doktor SOMMER vorm BOCK

Bauer SOMMERachs ZiegenBOCK macht BOCKsprünge
und BOCKt,
was Haushaltshilfe WINTER und
Doktor SOMMER anlockt!
WINTER schwenkt BOCKig BOCKbier
auf der SOMMERkoppel,
während der BOCKige ZiegenBOCK
mit eifrigem Gehoppel
durchs offene Koppeltor zum Nachbarbauer
BOCKisch galoppiert,
der am BOCKbierfest gerade
vorm BOCKbieranstich telefoniert.
Jäger BOCKisch hat BOCKwurst und
BOCKdoppelflinte dabei,
liebt die BOCKjagd und zielt aufs BOCKgeweih
vom ausgestopften RehBOCK, der für die BOCKbierzeit
gemietet wurde. Plötzlich erscheint
Bauer SOMMERach, schreit
und rennt vorm RehBOCK seinem
ZiegenBOCK hinterher.
BOCKisch drückt ab und verletzt SOMMERach schwer!

Haushaltshilfe WINTER und Doktor SOMMER vorm DENKMAL

Der DENKMALtechnische Assistent vom
DENKMALamt unterstützt
DENKMALerhaltungsvereine,
die DENKMALförderung und die DENKMALakademie.
Für kleine
Aktionen rund um DENKMALwürdigkeit,
DENKMALobjekte, DENKMALschutz,
DENKMALpflege,
DENKMALwohnungen in DENKMALimmobilien,
DENKMALgeschützte Fenster und DENKMALwege
sucht der DENKMALtechnische Assistent Unterstützer!
SOMMER und WINTER, als Umweltschützer,
unterstützen sein DENKMALprojekt
»DENKMALbäume« nach dem
DENKMALschutzgesetz.
WINTER riegelt vorm BaumDENKMAL mit
engmaschigem Netz
DENKMALwege ab. Spaziergänger stopft sie
DENKMALlisten, DENKMALkarten
und Fotos vom DENKMALbäumen aus SOMMERs
SOMMERgarten
in die Taschen. WINTERs darauffolgende hitzige
DENKMALschutzdebatten
unterm BaumDENKMAL stellen alles in den Schatten!

Haushaltshilfe WINTER und Doktor SOMMER vorm DIAMANT

Doktor SOMMER schenkt Haushaltshilfe WINTER
einen DIAMANTring
an der DIAMANTenküste. WINTER verliert das Ding
bei einer DIAMANTbestattung, an der
ein DIAMANTenproduzent
teilnimmt, der sämtliche DIAMANTenarten und
DIAMANTenminen kennt!
Bei der Suche nach WINTERs RohDIAMANT
macht er sich mit SOMMER bekannt,
bevor er den DIAMANTring zwischen
DIAMANTwerkzeugen findet
und damit stillschweigend von der DIAMANTbestattung
verschwindet!
Der DIAMANTenproduzent bietet WINTERs
DIAMANTring im Internet
an, kurz drauf liegt er am Sterbebett.
SOMMER und WINTER tauschen
DIAMANTringe gegen Goldringe
bei der DIAMANTenen Hochzeit von Tante Inge!

Haushaltshilfe WINTER und Doktor SOMMER vorm FALL

SOMMERs aufFALLend hohe FALLzahlen geFALLen
an ZuFALL
glaubende FALLmanager auf keinen FALL. Der Fußball,
den des FALLmanagers Söhne unglücklicherweise
über AbFALLtonnen auf die Reise
durch SOMMERs Fensterscheibe als absoluten
ZuFALLstreffer treten,
streift WINTER zwischen Glasscherben und
AbFALLbehältern ungebeten.
FALLmanager entsorgen KüchenabFALL und
geruchsintensive, auseinanderFALLende
HundeabFALLtüten
auf SOMMERs aufFALLender Fußmatte
mit blauen Blüten.
WINTER, die den AbFALLhaufen darauf anguckt,
übersieht die SchlagFALLe unterm
auseinanderFALLenden AbFALLprodukt.
SOMMER sieht WINTER in die SchlagFALLe tappen!
Wird SOMMERs herbeizitierter Privatdetektiv die
FALLmanager schnappen?

Haushaltshilfe WINTER und Doktor SOMMER vorm GEIER

Doktor SOMMERs Haushaltshilfe WINTER bewundert
den »GEIERsturzflug«
auf der »GEIERshow«.
»Sämtliche GEIERarten sind klug«,
meint der GEIERexperte. SOMMER erstand
einen PlüschGEIER vorm Zoobesuch, fand
den, der in einer Tüte mit GEIERbildern
steckt, lustig, und während GEIERfreunde
übers Auswildern
sprechen, scheinen des GEIERs GEIERaugen
den PlüschGEIER zwischen GEIERbildern aufzusaugen!
SOMMER sieht GEIERflügel und GEIERbeine.
PlüschGEIER und WINTER stehen alleine
im GEIERgehege, auch der GEIERexperte
ist verschwunden.
Dieweil SchmutzGEIER WINTERs Kopf bekoten
und umrunden!

Haushaltshilfe WINTER und Doktor SOMMER vorm GESCHENK

Doktor SOMMERs Haushaltshilfe WINTERs Computer
wurde gehackt!
Der Mailaccount ist voller
GESCHENKnachrichten. WINTER packt
das blanke Entsetzen, als der Mauszeiger tut,
was er will, und Patienten mit Wut
umdrehen. SOMMER schreibt:
»Heute jede Behandlung GESCHENKt«
an die Tür. Weil niemand eintritt, hängt
WINTER das Schild mit »Geschlossen«
auf. SOMMER nimmt unterdessen unverdrossen
eine GESCHENKbox in Empfang – mit einem
GESCHENKgutschein
für einen Fallschirm-Tandemsprung und teurem
GESCHENKwein!
Der Tag ist noch jung,
als SOMMERs Tandempilot beim Tandemsprung
seinen Passagier mitsamt GESCHENKtüte und
GESCHENKband verliert.
WINTER ist an GESCHENKabonnements
für Zeitschriften interessiert!

Haushaltshilfe WINTER und Doktor SOMMER beim GLÜCKSSPIEL

Haushaltshilfe WINTER und Doktor SOMMER sind
GLÜCKSSPIELsüchtig!
SOMMER beäugt Online-GLÜCKSSPIELe,
während er flüchtig
Patient Glöckl von der GLÜCKSSPIELaufsicht
untersucht, der vom
GLÜCKSSPIELneuregulierungsstaatsvertrag spricht
und SOMMER börsennotierte
GLÜCKSSPIELunternehmen empfiehlt.
SOMMER erzielt GLÜCKSSPIELgewinne und spielt,
bis seine Bildschirme mitsamt
GLÜCKSSPIELziffern erlischen.
Glöckl kramt nach GLÜCKSSPIELbelegen.
Draußen zischen
Sturmböen. Ein langer Stromausfall beginnt!
SOMMER bemerkt, dass Zeit verrinnt,
und bescheinigt Glöckl eine Fehldiagnose, sehr zerstreut.
Die er wegen vorübergehenden GLÜCKSSPIELverboten
nicht bereut.

Haushaltshilfe WINTER und Doktor SOMMER vorm HAKEN

Schönheitschirurg HAKENberg überlässt
Doktor SOMMER vergoldete OperationsHAKEN,
SchürHAKEN, sich ineinander verHAKENde
HAKENkreuze und Bettlaken
mit aufgedruckten HAKENwürmern zu Spottpreisen!
Außerdem schenkt HAKENberg SOMMER
WINTERreisen.
Für seine allerersten Schönheitsoperationen
sucht er Probanden.
Eine HAKENnase wäre
bei Haushaltshilfe WINTER vorhanden!
SOMMER und HAKENberg werden über
WINTERs Nasenrücken
handelseinig. HAKENberg empfindet
nach der Operation Entzücken.
In Gedanken beim HAKEN der HAKENnase, verstellt
er die Tagesklinikoperationsliege so,
dass WINTER runterfällt.
Irgendetwas in WINTERs Hüfte bricht.
Zieht SOMMER später vor Gericht?

Haushaltshilfe WINTER und Doktor SOMMER vorm HANDEL

Doktor SOMMER und Haushaltshilfe WINTER
erHANDELn Gratisproben.
HANDELsvertreter beHANDELn WINTER
kumpelhaft. Ein bisschen loben
sollte SOMMER bitte die HANDELsware
vom HANDELskonzern
im Internet, dann kommt der HANDEL gern
SOMMER mit HANDELsrabatten und
HANDELsprämien beim VerHANDELn
entgegen. Weil Plakate von HANDELskampagnen
Wände verscHANDELn,
darf Nachbarbauer SOMMERach Fotos vom
KuhHANDEL dazwischenhängen.
SOMMERbilder von SOMMERachs Mutterkuh
»WINTERwunderland« begeistern Unmengen
von SOMMERs Patienten! HANDELsvertreter
mit pfiffigen Ideen
sehen »WINTERwunderland« versonnen auf der
SOMMERkoppel stehen
und fotografieren »WINTERwunderland« hinter ihrer
pharmazeutischen HANDELsware.
Mit SOMMERach werden sie HANDELseinig.
Mehrere Jahre
geistert SOMMERachs »WINTERwunderland« mit
SOMMERkälbchen durchs Internet!
SOMMERach verdient mit »WINTERwunderlands«
SOMMERbildern richtiggehend »fett«.
Ein HANDELsreisender tauft ein neues
HANDELsprodukt fortan
für seine HANDELsfirma nach »WINTERwunderland«,
nämlich »WiWuLan«.

Haushaltshilfe WINTER und Doktor SOMMER vorm HELD

Doktor SOMMERs Patient SHELDon HELDt,
sehr belesen,
HELDenmütig und soeben von einer
BauchspeicHELDrüsenentzündung genesen,
erzählt Haushaltshilfe WINTER von ComicHELDen mit
HELDenmut
und dass er's seinem ActionHELDen jetzt nachtut,
weil er ins Guinessbuch der Rekorde will!
SHELDon verbringt HELDenhaft einen Tag im April
nonstop auf dem Bergrad rauf und runter
am HELDenstein! Eine Woche will er munter
durchradeln – bevor er, oh, welch HELDentat,
übermütig absichtlich mit HELDenhaftigkeit
über StacHELDraht
zwischen HELDengräbern springt und sich
darin verfängt.
UnglücksHELD ist man schneller, als man denkt!

Haushaltshilfe WINTER und Doktor SOMMER vorm HUF

Von Doktor SOMMERs Nachbarbauer SOMMERach
kommen Notrufe!
Beim Hengst auf der SOMMERkoppel scheinen HUFe
entzündet zu sein. Das verärgerte Pferd haut
aus. Der HUFabdruck in SOMMERs Gesicht schaut
böse aus! Haushaltshilfe WINTER und
SOMMER versorgen
witzigerweise auch einen HUFschmied an
diesem SOMMERmorgen,
der SOMMERs HUFabdruck besichtigt und HUFnägel,
GlücksHUFeisen
und ein HUFeisenförmiges Sitzkissen mit den weisen
Worten verschenkt:
»Lass den HUFabdruck Fachmänner anblicken!«
WINTER, HUFschmied und SOMMER
bekommen vom dicken
Professor im Krankenhaus bald eine
Zimmernummer zugewiesen.
Kann SOMMER trotz Blutvergiftung
die HochSOMMERtage genießen?

Haushaltshilfe WINTER und Doktor SOMMER vorm IMPFSTOFF

Doktor SOMMERs Angstpatienten,
die auf Heilung hoffen,
erzählt Haushaltshilfe WINTER allerlei von
IMPFSTOFFverstärkern, IMPFSTOFFen
und IMPFSTOFFarten allgemein.
WINTER tut entsetzlich geheim!
Ob LebendIMPFSTOFF, TotIMPFSTOFF
oder der nebenwirkungsreiche Ganzkeim-
PertussisIMPFSTOFF – WINTER weiß bestens
Bescheid über IMPFSTOFFproduktionen,
IMPFSTOFFbestandteile, IMPFSTOFFkombinationen,
IMPFSTOFFwerke, IMPFSTOFFgewinnung,
IMPFSTOFFnamen und
IMPFSTOFFbewusstseinsinformationen!
WINTER zeigt IMPFSTOFFröhrchen mit Konjugat.
SOMMER ist zufälligerweise gerade
IMPFSTOFFkandidat
bei einer IMPFSTOFFstudie für einen genbasierten
IMFPSTOFF, mit dem IMPFSTOFFhersteller schon
herumexperimentierten
für Immuntherapien gegen Krebs. SOMMER schielt
ins mittlerweile leere Wartezimmer. WINTER spielt
mit IMPFSTOFFröhrchen vorm großen
IMPFSTOFFkühlschrank.
Irgendwie fühlt SOMMER sich krank.

Haushaltshilfe WINTER und Doktor SOMMER vorm INDER

Der INDER im Wartezimmer ist von
PatientenkINDERn,
KINDERbüchern und kINDERleichten
KINDERspielzeugen umzingelt. Das LINDERn
von KINDERkrankheiten mittels Pflanzenheilkunde
wäre sein Fachgebiet,
erklärt er, während er in KINDERaugen sieht,
Bilder von DorfkINDERn auf RINDERn glattstreicht,
sich »KINDERtherapeut« nennt und
Visitenkarten herumreicht,
bevor er, KleinkINDERn zulächelnd, verschwindet!
SOMMER bemerkt
einen Patientenschwund. Von denen mit KINDERn
verstärkt!
WINTER hat vom INDER keine
Patientendaten. SOMMER bekommt etliche allgemeine
Hinweise, dass der INDER bereits viele Praxen
besuchte. Alle haben genug von seinen Faxen.

Haushaltshilfe WINTER und Doktor SOMMER vorm INFARKT

Doktor SOMMER träumt, ihn überfallen
LungenINFARKT, RückenmarksINFARKT,
NierenINFARKT und MilzINFARKT, während
Haushaltshilfe WINTER einparkt,
die gesamte SOMMERstraße dabei blockiert
und deswegen ein Auffahrunfall passiert!
SOMMER kämpft mit dem HarnsäureINFARKT
der Niere.
WINTER findet unter SOMMERs »INFARKTbuch«
sämtliche Fahrzeugpapiere.
SOMMER, noch am Leben, wundersamerweise,
will, nur leider zu leise,
auf seinen TeilINFARKT der Leber durch Verschluss
eine Portaderastes hinweisen! WINTER
stiftet erneut Verdruss.
SOMMER hört alles – es ist ein Albtraum –
in WINTERs SOMMERbadeanzug gekleidet,
gefesselt im Kofferraum!

Haushaltshilfe WINTER und Doktor SOMMER vorm INHALT

Haushaltshilfe WINTER und Doktor SOMMER
studieren INHALTsangaben
von INHALTsstoffen eines neuen Medikaments.
Patienten haben,
wenn's SOMMER INHALTlich richtig verstand,
nach starken Schwindelattacken am Straßenrand
gestoppt und dort MagenINHALT von sich gegeben.
Drei Depressive, deren LebensINHALT
buchstäblich das Überleben
darstellt, kämpfen beim Gehen mit MagenINHALT,
Schwindelanfällen
und DarmINHALT. WINTER entnimmt
GesprächsINHALTen bei Beschwerdestellen
des Medikamentenherstellers, dass
INHALTsberechnungen, INHALTszusammenfassungen,
INHALTsquellen
und INHALTsdefinitionen unstimmig waren.
Bevor Klagewellen
kommen, werden sie INHALTsdosierungen fast
INHALTsgleich verändern.
Dem GesprächsINHALT nach nicht in allen Ländern?

Haushaltshilfe WINTER und Doktor SOMMER vorm JÄGER

Doktor SOMMERs Nachbarbauer SOMMERachs
Haarschneidemaschine ist kaputt.
SOMMERach trägt beim WINTERspaziergang im
WINTERschnee Dutt,
SOMMERsandalen und eingeschweißten JÄGERbraten!
Mit seiner JÄGERbüchse
zielt JÄGERsmann WINTERsfelder
probeweise auf tote Füchse
neben dem JÄGERzaun. Nach reichlich
JÄGERtee mit Rum
nach dem JÄGERtreff geht WINTERsfelder
etwas krumm
und denkt an JÄGERschnitzel und ans JÄGERschießen.
Er ballert mit der JÄGERflinte in WINTERwiesen.
SOMMER und Haushaltshilfe WINTER
springen vom JÄGERstand.
Verliert JÄGER WINTERsfelder
den letzten Funken Verstand?
WINTERsfelder hielt SOMMERachs Dutt
für einen Stummelschwanz!
SOMMERachs SOMMERstirnband ist kaputt,
der Dutt ganz.

Haushaltshilfe WINTER und Doktor SOMMER vorm KÄFIG

Doktor SOMMERs Nachbarbauer SOMMERach
zimmert KÄFIGähnliche KÄFIGboxen
aus KÄFIGdraht und hängt die über Ochsen
im Stall. Somit gilt's nicht als KÄFIGhaltung!
Hühnertreppen führen raus, hinter KÄFIGgitter.
Die Verwaltung
des Vereins »Gegen KÄFIGhaltung e.V.«
sandte im WINTER eine Fachfrau
zur Überprüfung, ob SOMMERach alles richtig macht.
Tierschutzorganisationen filmten SOMMERachs
KÄFIGboxen in einer SOMMERnacht,
angeblich mit verkoteten KÄFIGböden
und toten Legehennen!
Weil Haushaltshilfe WINTER und SOMMER
SOMMERach kennen,
filmten sie zwischen Ochsen, zu SOMMERachs Glück,
Hühner aus KÄFIGboxen auf SOMMERkoppeln
als Gegenstück.
Bioeier kauft WINTER aber nicht von SOMMERach.
Der versteckt tatsächlich tote KÄFIGhühner
unterm Dach.

Haushaltshilfe WINTER und Doktor SOMMER vorm KALB

Doktor SOMMER isst KALBshirn,
Nockerln aus KALBsbrät,
KALBskäse und KALBshoden. Haushaltshilfe WINTER
hilft spät
in der SOMMERnacht Nachbarbauer SOMMERachs
neugeborenem KALB
mit dem kräftigen KALBsherzen, das vor eineinhalb
Minuten das Licht der Welt
erblickte! Etwas vom KALBshirn fällt
SOMMER von der Gabel, als er süße
Zeichentrickfilme vom HirschKALB sieht,
auf dessen KALBsfüße
Jäger unterhalb vom KALBenden Gletscher zielen!
WINTER erzählt SOMMER nur vom Spielen
mit dem KALB. Zumindest für einige Wochen
schlürfen beide nur klare KALBsbrühe
mit KALBsknochen.

Haushaltshilfe WINTER und Doktor SOMMER vorm KASPER

Doktor SOMMER erzählt Haushaltshilfe WINTERs
anstrengenden Nichten
vom herumKASPERlnden KASPERl Larifari in
Dutzenden KASPERlgeschichten.
WINTERs zankende Neffen erhalten KASPERlefiguren
mit KASPERLmützen
und versuchen, SOMMER mit KASPERlliedern
zu unterstützen.
WINTER nennt Orthopädietechniker KASPERzik erbost
einen »KASPERverein«
und verreist in den SOMMERurlaub. SOMMER allein
schnitzt KASPERlepuppen und
fünf KASPERlköpfe aus Holz,
verkleidet sich als SuppenKASPER und engagiert stolz
Polizist KASPERmichl als VerkehrsKASPER
fürs KASPERlestück
im KASPERltheater namens
»VerkehrsKASPER hat Glück!«
SOMMER hat keins. Während KASPERmichl
sich umkleidet,
ist's SOMMER, der urplötzlich einen
HerzKASPER erleidet!

Haushaltshilfe WINTER und Doktor SOMMER vorm KOCH

Haushaltshilfe WINTER und Doktor SOMMER
KOCHen StarKOCH
KOCHinger, KOCHlöffel und KOCHschürzen
schwingend, sogar noch
etwas vor! Der StarKOCH KOCHt KOCHkäse,
Bananenschalen
von zerKOCHten KOCHbananen mit KOCHsalz.
Unter Qualen
beobachtet SOMMER den KOCHenden KOCH
im KOCHstudio,
und selbst der mitKOCHende BeiKOCH blickt unfroh,
als die geKOCHten Eier in der KOCHküche
beim KOCHen im KOCHenden KOCHwasser
plötzlich Gerüche
erzeugen! Aus dem KOCHtopf stinkt's
nach Plastikdämpfen
und VerKOCHtem. Zwei Servicetechniker
eines Ofenbauers kämpfen
sich durch Qualm und stellen beim Test
der nagelneuen KOCHplatten der KOCHenden Eier fest:
Bei der Ofenlieferung wurde nach ihrem Ermessen
die Entfernung der Transportsicherung unter
KOCHplatten vergessen!

Haushaltshilfe WINTER und Doktor SOMMER vorm KOLBEN

Doktor SOMMER betatscht VersuchsKOLBEN,
KOLBENvasen und KOLBENhubpipetten.
Haushaltshilfe WINTER beschnuppert KOLBENartige
Blüten in violetten
Farbtönen. – SOMMERfest im Chemielabor
»KOLBENfresser«!
Neben KOLBENzangen will SOMMER
KOLBENdurchmesser
messen. Als WINTER VersuchsKOLBEN
mit Brom anstipst,
umarmen sie Mitarbeiter vom »KOLBENfresser«,
eindeutig beschwipst
von SOMMERs mitgebrachten WINTERbieren
vor der KOLBENzange,
die SOMMER mit VersuchsKOLBEN
mit einer Luftschlange
verknüpfte! VersuchsKOLBEN fallen zu Boden,
gehen entzwei
und setzen im »KOLBENfresser« hochgiftige
Bromdämpfe frei.
Das SOMMERfest endet im Krankenhaus.
Eine KOLBENvase
steht am Krankenhausbett vor SOMMERs
geruchsunempfindlicher Nase.

Haushaltshilfe WINTER und Doktor SOMMER vorm KOLLAPS

In SOMMERs Wartezimmer prophezeien
KOLLAPSologen
mit KOLLAPSneigung vor genervten Schulpädagogen
den WirtschaftsKOLLAPS, einen FinanzKOLLAPS,
KOLLAPSzustände, VerkehrsKOLLAPSe,
KOLLAPSgefahren
im Gesundheitssystem und LuftfahrtKOLLAPSe!
Die Pädagogen bewahren
erst noch Ruhe, aber irgendwann
zaubert einer einen großen Flachmann
aus seinem SOMMERmantel. Ein herumkriechender,
entsetzlich stechend nach Schweiß riechender
KOLLAPSologe wird nicht nur mit einem Schluck
abgefüllt, während er vom GravitationsKOLLAPS und
KOLLAPSdruck
in Filtern und Rohren lallt. SOMMER entdeckt
einen LeberKOLLAPS und wird vom KreislaufKOLLAPS
niedergestreckt!

Haushaltshilfe WINTER und Doktor SOMMER vorm KOMMISSAR

Doktor SOMMER lässt PolizeihauptKOMMISSARe
vom KOMMISSARiat 33
den »KOMMISSARbefehl« erklären.
Ein KOMMISSAR stichelt fleißig
gegen KOMMISSARanwärter und
zwei KOMMISSARiatsleiter,
begrapscht eine KOMMISSARin dabei heiter
und ignoriert SOMMERs Haushaltshilfe WINTER,
die mit einer Kamera hinter
der Wartezimmertür alles filmt.
Eine OberKOMMISSARin schaut
zu SOMMER, während sie Patienten Geldbeutel klaut,
und zwar taktisch unheimlich klug!
SOMMER und WINTER haben genug
Filmmaterial und starten mit
PolizeihauptKOMMISSARen und KOMMISSARinnen
die Debatte: Sollte man mit
Videoüberwachung beginnen?

Haushaltshilfe WINTER und Doktor SOMMER vorm KONZENTRAT

Doktor SOMMER sitzt mit
KONZENTRATionsproblemen,
TraubenmostKONZENTRAT mit Schimmelstückchen
und unbequemen
Mahnungen vorm Patienten.
Aus dessen Mobiltelefon schallt
einlullende KONZENTRATionsmusik und wegen
erhöhter BlutalkoholKONZENTRATion lallt
der, wobei er KONZENTRATionstraining und
KONZENTRATionsübungen empfiehlt
und SOMMER damit zwei Stunden Zeit stiehlt!
Was er, durch seine
KONZENTRATionstrainer-Ausbildung bedingt,
auf Rechnungen an SOMMER zum Ausdruck bringt.
Der KONZENTRATionstrainer weiß über
PflanzensaftKONZENTRATe allgemein Bescheid
und bringt SOMMERs Haushaltshilfe WINTER so weit,
dass sie für SOMMER etliche Kurse bucht!
Wonach der gutaussehende KONZENTRATionstrainer
WINTER privat besucht.

Haushaltshilfe WINTER und Doktor SOMMER vorm LEIB

Doktor SOMMERs Haushaltshilfe WINTER inspiziert
LEIBhaftig RinderLEIBer
und bLEIBt mit dem sehr beLEIBten
Schlachthofbetreiber
KLEIBlmann darunter stehen! KLEIBlmann ist mit LEIB
und Seele Metzger und nur zum Zeitvertreib
BLEIBt er länger in den Produktionsanlagen,
BLEIBt bei Führungen und beantwortet Fragen.
Kürzlich war KLEIBlmann bei SOMMER
wegen UnterLEIBsgeschichten.
Er zersäbelt einen LEIB, zeigt WINTER Ansichten
von SOMMERs LEIBspeise und zeigt sich empört,
weil WINTER schlecht wird und nicht zuhört.
SOMMER gesellt sich erst gegen Mittag hinzu.
KLEIBlmann serviert ihm die Zunge einer Kuh.

Haushaltshilfe WINTER und Doktor SOMMER vorm LUCHS

SOMMER und WINTER erhalten Alarm!
Zootechniker FLUCHSmann von der Tierfarm
sind RotLUCHSe, PolarLUCHSe, WüstenLUCHSe und BalkanLUCHSe getürmt!
FLUCHSmann verfolgt mit LUCHSaugen
LUCHSspuren, obwohl's stürmt.
SOMMER lauscht FLUCHSmann mit LUCHSohren.
Sein Kännchen
Kaffee fegt er vom Tisch, weil LUCHSmännchen,
und LUCHSinnen mit LUCHSjungen
eine LUCHSartige Katze
und einen Patienten von SOMMER mit Glatze
unten jagen! SOMMER gibt FLUCHSmann Bescheid,
der Damen im LUCHSpelz nicht weit
entfernt über LUCHSvorkommen und
LUCHSpatenschaften belehrt.
LUCHSmann besitzt zahme LUCHSe und erklärt
sich bereit, die für einen LUCHSvortrag mitzubringen,
vor SOMMERs wissbegierigen Patienten. Wird's FLUCHSmann gelingen,
die für LUCHSpatenschaften zu gewinnen?
SOMMER und WINTER wollen beginnen!

Haushaltshilfe WINTER und Doktor SOMMER vorm MENÜ

Doktor SOMMERs MENÜleiste am BedienMENÜ
streikt hartnäckig in aller Früh.
Der »MENÜwirt« hilft SOMMER – ein Patient,
der sich mit BedienMENÜs auskennt,
wie mit MENÜmessern, MENÜfolgen,
MENÜvorschlägen
und momentan leider fehlenden Aufträgen.
SOMMERs Rechnung will der »MENÜwirt«
mit MittagsMENÜs
und MENÜschecks begleichen. Als viel zu süß
empfindet Haushaltshilfe WINTER die MENÜbeilagen
vom MENÜangebot,
weshalb sie die vollen MENÜteller in Rosarot
vor Patienten im Wartezimmer stellt.
Denen schmeckt's! MENÜboxen voller Geld
überreicht SOMMER dem MENÜwirt,
von Patienten gespendet.
Der jetzt täglich MENÜbeilagen zu SOMMER sendet.

Haushaltshilfe WINTER und Doktor SOMMER vorm MITGLIED

WINTER und SOMMER drucken
MITGLIEDerausweise,
gefälschte, und kassieren dafür MITGLIEDspreise
für MITGLIEDschaften in Fitnesscentern.
WINTERs Nachbarssöhne,
allesamt Computerhacker, lassen bei
ProbeMITGLIEDschaften schöne
Systemabstürze geschehen, sodass sämtliche
MITGLIEDerdaten
gelöscht werden oder zumindest durcheinandergeraten!
Bei MITGLIEDsaktionen für FamilienMITGLIEDer
werden MITGLIEDsanträge unkenntlich
gemacht. Die Computerhacker langweilen die
ProbeMITGLIEDschaften unendlich.
Nach dem Manipulieren von MITGLIEDERumfragen
und MITGLIEDernummern an zwei Feiertagen
legen sie mit FeuerwehrMITGLIEDern und
ÄrzteverbandsMITGLIEDern Feuer.
SOMMER und WINTER ist's nicht ganz geheuer.

Haushaltshilfe WINTER und Doktor SOMMER vorm MÖNCH

SOMMER und WINTER vernehmen MÖNCHsgesänge!
Vorm MÖNCHsweiher spendet eine Menschenmenge
einem sprechenden WanderMÖNCH mit singenden
MÖNCHssittichen Geld, der vom gelingenden
MÖNCHsleben im MÖNCHskloster erzählt und
MÖNCHsmützen, MÖNCHstücher,
MÖNCHspfeffer und MÖNCHstee verschenkt.
Er zeigt Bücher
über MÖNCHsmedizin, die SOMMER interessieren!
Nach MÖNCHengladbach zu den Tieren
im »Tiergarten MÖNCHengladbach« will der
WanderMÖNCH gelangen.
Die sprechenden MÖNCHssittiche reden von
MÖNCHsrobben, Schlangen,
MÖNCHsgeiern, MÖNCHsmeisen und dem Gesang von
MÖNCHsgrasmücken.
Dazwischen füttert der WanderMÖNCH sie mit
MÖNCHskopfkäsestücken!
Der von sämtlichen MÖNCHsklöstern faszinierte
SOMMER schließt
zu, packt WINTER und MÖNCH und genießt
die Taxifahrt nach MÖNCHengladbach, die er spendiert!
Wobei ihn der MÖNCHengladbacher Tiergarten
auch interessiert.

Haushaltshilfe WINTER und Doktor SOMMER vorm MOLEKÜL

MOLEKÜLforscher Möwitz erklärt Doktor SOMMER
die MOLEKÜLgröße
und den MOLEKÜLradius von Wasser. Zunehmend böse
wird Möwitz, als SOMMER ElementMOLEKÜLe
nicht erkennt
und MOLEKÜLe aus Virentests völlig falsch benennt
am Telefon, während Haushaltshilfe WINTER
SOMMERs MOLEKÜLbaukasten,
MOKEKÜLformeln und MOLEKÜLmodelle
runterschmeißt. Möwitz beginnt auszurasten,
als SOMMER MOLEKÜLverbindungen,
MOLEKÜLsubstanzen, den MOLEKÜLaufbau,
FressMOLEKÜLe,
MOLEKÜLdichte und MOLEKÜLkristalle unkorrekt
und ohne Gefühle
erläutert! Möwitz entreißt SOMMER
den Telefonhörer unverzüglich
und stellt alles über MOLEKÜLe fast vergnüglich
richtig, bevor er neben dem MOLEKÜLbaukasten
einfach umkippt!
Und Haushaltshilfe WINTER vorsichtig auf
Gehirnschlag tippt.

Haushaltshilfe WINTER und Doktor SOMMER vorm MORD

Vor Doktor SOMMERs Patienten liest ein
MORDdezernatsleiter
mit MORDsdurst, MORDsspaß, MORDsmäßigem Kater
und zweiter
Ehefrau, auf die er gerade MORDswut hat,
aus seinem Bestseller
»MORDgelüste in meiner Heimatstadt.«
MORDsgute Kurzgeschichten über
MORDende Ehefrauen,
die MORDwerkzeuge austauschen und ausschauen,
als könnten sie garantiert kein Wässerchen trüben!
Wobei sie perfekte MORDe an Puppen üben,
MORDlüstern neue MeuchelMORDe planend. Der
MORDdezernatsleiter hält
nach der Lesung im Wirtshaus und bestellt
dem MORDsdurst Alkoholisches zum Durststillen.
»MORDswut kann die Ehefrau killen«,
versichert der MORDdezernatsleiter Haushaltshilfe
WINTER telefonisch, später.
Wurde der MORDswütende MORDdezernatsleiter
tatsächlich zum Täter?

Haushaltshilfe WINTER und Doktor SOMMER vorm MÜLL

Doktor SOMMERs Haushaltshilfe WINTER
findet unter MÜLLsäcken
in PlastikMÜLLeimern im PapierMÜLL
Kätzchen mit Flecken
und MÜLLresten im Fell! Frau MÜLLer, verstört
GlasMÜLL, PapierMÜLL und RestMÜLL entsorgend,
findet's unerhört!
»Gewiss vom Bauer SOMMERach!«,
meint MÜLLer überzeugt,
als sie die PlastikMÜLLeimer zwischen
MÜLLschnipseln beäugt.
Macht MÜLLer sich nicht verdächtig,
weil ihre Katzen, ebenfalls trächtig,
verwahrlost hinter MÜLLtonnen vom
»MÜLLers Landgasthof« herumtraben?
MÜLLer senior soll mal welche ertränkt haben!
WINTER bettet die Kätzchen auf SOMMERdecken,
liebevoll.
Ob sie SOMMER gleich davon berichten soll?

Haushaltshilfe WINTER und Doktor SOMMER vorm MUSKEL

Bei Haushaltshilfe WINTER und
Doktor SOMMER zucken
GesichtsMUSKELn. Vorm MUSKELbewehrten
Professor, MUSKELfaserbündel und MUSKELfleisch
schlucken
beide, bevor sie ohnmächtig werden.
»Dieser MUSKELmann hatte gewiss
MUSKELbeschwerden«,
brummt der Professor, MUSKELfasern aus
MUSKELbündeln zerteilend.
Vor Studenten mit MUSKELkater an SkelettMUSKELn
herumfeilend,
lässt er WINTER und SOMMER seitlich ablegen,
die sich MUSKELmäßig nicht mehr selbst bewegen;
hinter MUSKELbergen bei der Sektion.
Was keiner weiß – die MUSKELoperation,
die SOMMER kürzlich durchführte, ging fast schief!
Bereits da fielen SOMMER und WINTER tief
in Ohnmacht, und ein Student übernahm.
Gut, dass Patientin SOMMERach nichts mitbekam.

Haushaltshilfe WINTER und Doktor SOMMER vorm NARR

Doktor SOMMERs Patient NARRinger
darf KNARRen tragen.
Der WaffenNARR besitzt irgendwelche
Jagdscheine zum Jagen.
NARRingers Familienangehörige, als liebenswerte
NARRen bekannt, NARRen
SOMMER gern, sind allesamt waffenverNARRt,
und KNARRen
besitzen sie zuhauf! NARR NARRinger,
kinderverNARRt, erschreckte
im Wartezimmer ein Kind, das sich versteckte
und Schreianfälle bekam! SOMMER wies
NARRinger zurecht.
Das leichte StimmschNARRen von
Haushaltshilfe WINTER echt
gut imitierend, bestellt NARRinger übers Telefon Pizzen,
NARRenkappen, Bücher für PferdeNARRen,
NARRengewänder, SpielzeugkNARRen, Einwegspritzen
und NARRenglocken haufenweise und
an SOMMER adressiert!
NARRinger genießt NARRenfreiheit. Sein
StimmschNARRen hat funktioniert.

Haushaltshilfe WINTER und Doktor SOMMER vorm NEST

Doktor SOMMERs Haushaltshilfe WINTER hilft
Nachbarbauer SOMMERach
beim SOMMERfest für SOMMERachs SOMMERgäste
am Bach,
zwischen SOMMERkoppeln, SOMMERgetreide und
dem Kiesweg
zum Gebüsch mit VogelNESTern am Badesteg.
Dort führt WINTER Pony »HoNEST« spazieren,
mit Gästekindern. In den VogelNESTern jubilieren
NESTbewohner und deren NESThäkchen ungewöhnlich
laut! Der Bürgermeister hat persönlich
SOMMERachs SOMMERfest eröffnet, und die
Bürgermeistertochter hockt
auf »HoNESTs« Rücken, als der wild losbockt,
weil NESTbewohner aus VogelNESTern
vor ihm hochfliegen!
WINTER, NESTstücke, »HoNEST« und die
Bürgermeistertochter liegen
im SOMMERgetreide. SOMMER, den Arztkoffer
schwenkend, eilt
dorthin, wie tags drauf die Lokalpresse mitteilt!

Haushaltshilfe WINTER und Doktor SOMMER vorm OTTER

Haushaltshilfe WINTER und Doktor SOMMER filmen
FischOTTER!
VerlOTTERt aussehende, herumstOTTERnde Arbeiter
schOTTERn mit SpezialschOTTER
hinter SOMMER und WINTER Wege,
neben dOTTERgelben Blumen, zum OTTERgehege
auf, wobei sie speziellen SchOTTERkleber und
SchOTTERsteine
in OTTER-Badeteiche kippen, was WINTER alleine
mitbekommt. Vor Kälte schlOTTERnd
und aus Wut ebenfalls StOTTERnd
stolpert sie im SpezialschOTTER zwischen
drei Arbeitergruppen.
Zwei Arbeiter zerschneiden ROTTERdamer Käse.
Wie Puppen
landen beide im OTTER-Badeteich auf
SchOTTERsteinen,
weil SOMMER und ein OTTERfischer im allgemeinen
Trubel hinter WINTER herlaufen, im SchOTTERkleber
hängenbleiben
und die OTTERhunde des OTTERfischers Arbeiter
auseinandertreiben
und, anstelle von den OTTERn, erfolgreich jagen!
SOMMER und WINTER türmen im dOTTERgelben
Geländewagen
der Firma »FriesenkOTTER-Spezialbau«.
Wohin, weiß niemand genau!

Haushaltshilfe WINTER und Doktor SOMMER vorm PASSAGIER

Blinde PASSAGIERe am PASSAGIERflug in der
PASSAGIERmaschine
erzeugen Panikstimmung bei LuftPASSAGIERen in der
PASSAGIERkabine!
Über Haushaltshilfe WINTER und Doktor SOMMER
schreien
von prominenten PASSAGIERinnen aus
PASSAGIERgepäck entfleuchte Papageien!
WINTER liest irgendetwas von PASSAGIERgebühren,
während die Papageien Aufregung schüren,
PASSAGIERgurtzeug für Kinder, PASSAGIERlisten
und PASSAGIERinformationen anpicken
und im Cockpit Flugkapitäne in Ohrläppchen zwicken.
»Hände hoch, wir haben schon PASSAGIERschiffe
gekapert!«
Wobei's mit der Aussprache von »PASSAGIER« hapert,
krächzt einer. Die Flugkapitäne, im Landeanflug, sehen
PASSAGIERhubschrauber und PASSAGIERjets.
Können sie noch abdrehen?

Haushaltshilfe WINTER und Doktor SOMMER vorm PEDAL

Doktor SOMMER erklärt Haushaltshilfe WINTER den PEDALdruck,
die PEDALkraft und PEDALeinstellungen und knurrt: »Fuck!«,
buchstäblich genau so, wie's geschrieben steht!
Nach SOMMERs Wechsel von PEDALlagern dreht er WINTER KlickPEDALE an;
solche mit PEDALaufsatz.
Unter SOMMERs Aufsicht übt WINTER am Bahnhofsvorplatz
PEDALieren und stürzt vor PEDALfahrzeugen beim Abspringen
vor Kindern, weil's mit KlickPEDALEn nicht gelingen kann, mit einer Kniescheibe auf SOMMERs PEDALunterlegscheiben.
SOMMER versucht, gebrauchte PEDALriemen für WINTER aufzutreiben!
WINTERs Kniescheibe ging zu Bruch.
SOMMER murmelt einen heilenden Indianerspruch.

Haushaltshilfe WINTER und Doktor SOMMER vorm PERSER

Die PERSERin vor Doktor SOMMER erwähnt
PERSERkriege,
PERSERkönige, ihre PERSERkatzenmischlinge und
SOMMERs höhenverstellbare Patientenliege
auf dem PERSERteppich neben PERSERbrücken.
Die PERSERin erzählt von Gedächtnislücken
und dass sie als PERSERkatzenzüchterin magere Jahre
erlebte. SOMMER sichtet plötzlich PERSERfell und
PERSERkatzenhaare
überall! Er bekommt Atemnot und heftigste Niesanfälle.
Haushaltshilfe WINTER tritt beherzt
an SOMMERs Stelle.
Sie spricht von PERSERfeldzügen und
PERSERkatzenbabys, betrachtet
Muttermale im Gesicht der PERSERin und verfrachtet
sie deswegen zum Hautarzt, ein Haus weiter;
einem PERSER! Dies stimmt sogar SOMMER heiter.

Haushaltshilfe WINTER und Doktor SOMMER vorm PFERD

Doktor SOMMERs Nachbarbauer SOMMERach
schäumt
vor Wut! Sein KutschPFERD bäumt
sich vor der PFERDekutsche zwischen PFERDeäpfeln,
PFERDekoppeln,
verschreckten PFERDepflegern und PFERDEanhängern
auf. Feldhasen hoppeln
vor den PFERDehufen der KutschPFERDe
vorüber. SOMMERach küsst die Erde,
allerdings erst, nachdem PFERDekutschenräder
SOMMERachs Stacheldrahtreihen zerlegten
und sich mitsamt SOMMERach auf JungPFERDe
zubewegten;
alles im Stacheldraht verheddert! SOMMERach kassiert
PFERDetritte,
als er zwischen PFERDEleibern in die Mitte
der JungPFERDe rollt. Haushaltshilfe WINTER
desinfiziert Fleischwunden
vom Stacheldraht. SOMMER bringt SOMMERach,
notdürftig verbunden,
später doch noch ins Hospital.
SOMMERachs tiefste Stacheldrahtwunden
bluten abnormal!

Birgit Hufnagl

© Foto: Andreas Kandsberger

Geboren 1968 als Tochter einer albernen Mutter, die mit ihrem Einzelkind nach eigenen Angaben »alles richtig machen wollte«. Dazu erzogen, viel zu lesen und viel draußen zu spielen, um Fantasie zu entwickeln.

Dann waren da noch die naturverbundenen und tierlieben Großeltern, die das Enkelkind sogleich in jeden Wanderurlaub mitnahmen.

Und das ist heute noch so: Hauptsache, Sport draußen, vorzugsweise im Wald! Mit der Fantasie hatte meine Mutter recht. Die ganzen Reimideen entstehen tatsächlich an der frischen Luft …

Buchempfehlungen:

Sommer & Winter auf Tour
Reime von Birgit Hufnagl
ISBN 978-3-95720-310-6
14,00 €

Sommer & Winter im Bilde
Reime von Birgit Hufnagl
ISBN 978-3-95720-289-5
15,95 €

Haushaltshilfe Winter & Doktor Sommer
Reime von Birgit Hufnagl
ISBN 978-95720-228-4
9,95 €